세 마리 토끼 잡는

초등 독해력

F1

초등 6-1

NE 능률

이 책을 쓴 분들_

강영주(지에밥 창작연구소 대표, 작가, 〈세 마리 토끼 잡는 독서 논술〉 대표 필자)
김경선(작가, 〈세 마리 토끼 잡는 독서 논술〉 집필)
한화주(작가, 〈세 마리 토끼 잡는 독서 논술〉 집필)
한현주(작가, 〈세 마리 토끼 잡는 독서 논술〉 집필)
이현정(작가, 〈세 마리 토끼 잡는 독서 논술〉 집필)

이 책을 만든 분들_

박지영(작가, 기획 편집자), 채현애(기획 편집자), 박정의(기획 편집자),
권정희(기획 편집자), 지은혜(기획 편집자), 강영주(작가, 기획 편집자)

세 마리 토끼 잡는 초등 독해력 F단계 1권

개정판 1쇄: 2022년 7월 1일
총괄 김진홍 | **기획 및 편집** 지에밥 창작연구소 | **연구원** 김지현, 김지연, 이자원, 박수희 | **펴낸이** 주민홍 | **펴낸곳** ㈜NE능률 | **디자인** 장현순, 윤혜민 | **그림** 우지현, 김잔디, 안지선, 김정진, 윤유리, 이덕진, 이창섭, 고수경, 장여회, 김규준, 김석류 | **영업** 한기영, 박인규, 이경구, 정철교, 김남준, 김남형, 이우현 | **마케팅** 박혜선, 이지원, 김여진 | **주소** 서울특별시 마포구 월드컵북로 396(상암동) 누리꿈스퀘어 비즈니스타워 10층 (우편번호 03925) | **전화** (02)2014-7114 | **팩스** (02)3142-0356 | **홈페이지** www.nebooks.co.kr | ISBN 979-11-253-3975-5 | 979-11-253-3979-3 (set)

제조년월 2022년 7월 제조사명 ㈜NE능률 제조국 대한민국 사용연령 13~14세(초등 6학년 수준)

독해 실력을 키워서 공부 능력자가 되어 보세요!

요즘 우리 아이들, 공부할 것이 참 많습니다. 국어, 영어, 수학, 과학, 사회, 예체능 어느 것 하나 소홀히 할 수 없지요. 그런데 **이런 교과 공부를 할 때 가장 기본이 되는 것은 설명하는 내용이 무엇인지 아는 것입니다.**

특히 학교 공부를 처음 시작하는 초등학생에게 글을 읽고 이해하는 일은 무엇보다 중요합니다. 즉, **독해는 도구 과목인 국어를 포함한 모든 과목에서 공부의 시작이자 끝이라고 할 수 있지요.** 초등학교 때 독해를 소홀히 하다 보면 중·고등학교에 가서 교과서를 읽으면서도 그 내용을 이해하지 못하는 일이 생기기도 합니다.

그런데 **독해력은 열심히 책만 읽는다고 해서 단기간에 키워지는 것이 아닙니다.** 꾸준히 글을 읽고 이해하는 연습을 지속적으로 해야 비로소 실력이 생겨나는 것이지요. 그러므로 독해 연습은 단계적이고 체계적으로 하는 것이 중요합니다.

〈세 마리 토끼 잡는 초등 독해력〉은 이 중요한 독해의 방법을 제시하기 위해 기획된 시리즈입니다. 이 시리즈의 구성 원리는 다음과 같습니다.

1. 초등학생이 교과를 이해하는 데 필요한 독해의 전 과정을 담는다

교과의 기본이 되는 글의 내용을 쉽게 이해하는 **사실 독해**로 시작하여 글 속에 숨은 뜻을 짐작하고 비판하는 **추론 독해**, 읽은 것을 발전시켜서 창의적으로 문제를 해결하는 **문제해결 독해**로 이어지는 독해의 전 과정을 체계적으로 담았습니다.

2. 다양한 독해 활동을 통해 독해를 쉽고 재미있게 학습하도록 구성한다

독해의 원리에 흥미롭게 다가갈 수 있도록 **주제 활동, 유형 연습, 실전 학습** 등을 다양하게 단계적으로 구성하였습니다. 이때 글과 쉽게 친해질 수 있도록 동화, 역사, 사회, 과학, 예술 분야의 전문 필진과 초등 교육 과정 전문 선생님들이 함께 노력을 기울였습니다. 이 밖에도 독해의 배경지식이 되는 어휘, 속담, 문법, 독서 방법 등의 읽을거리를 충분히 실었습니다.

〈세 마리 토끼 잡는 초등 독해력〉을 통해 토끼처럼 귀여운 우리 아이들이 **독해 자신감, 공부 자신감**을 얻어서 최고의 **독해 능력자**가 되기를 기대하며 응원하겠습니다.

세 마리 토끼 잡는 초등 독해력 은 어떤 책인가요?

1 독해의 세 가지 원리를 한번에 잡는 책

독해는 글을 읽고 뜻을 이해하는 것입니다. 이때 뜻을 이해한다는 것은 글에 드러난 정보나 주제뿐 아니라 숨어 있는 글쓴이의 의도나 생략된 내용을 짐작하고 읽는 사람의 생각과 느낌을 고려한 표현까지 이해하는 것입니다. 〈세 마리 토끼 잡는 초등 독해력〉은 사실 독해, 추론 독해, 문제해결 독해로 이어지는 독해의 원리를 단계적으로 키워서 독해 능력을 한번에 완성하도록 도와줍니다.

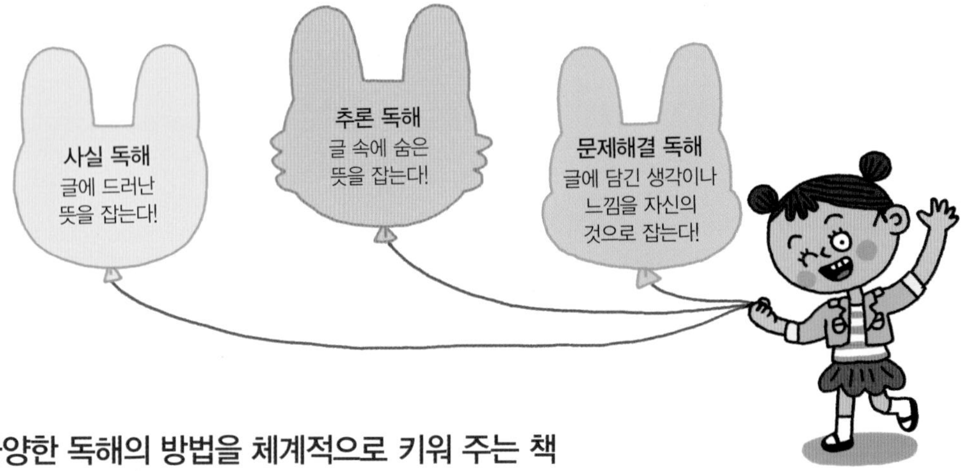

2 다양한 독해의 방법을 체계적으로 키워 주는 책

설명문, 논설문과 같은 글을 읽을 때와 시, 소설을 읽을 때는 글의 내용을 이해하는 방법이 조금 다릅니다. 비문학적인 글을 읽을 때에는 글에 나타난 정보나 사실을 이해하여 주제나 중심 생각을 파악해야 합니다. 그리고 문학적인 글을 읽을 때에는 주제뿐 아니라 글 속에 숨은 의미와 분위기, 표현 방법을 살펴서 글쓴이의 의도를 미루어 짐작하고 그에 대한 나의 생각이나 느낌도 표현할 수 있어야 합니다. 〈세 마리 토끼 잡는 초등 독해력〉은 독해 개념부터 유형 연습, 실전 문제에 이르기까지 독해의 다양한 방법을 체계적으로 키워 줍니다.

3 다양한 교과 관련 배경지식을 키워 주는 책

글을 읽을 때는 낱말이나 문장을 과목에 따라 다르게 해석해야 하는 경우가 있습니다. 국어 과목에서는 동요의 노랫말처럼 '달'을 보고 '토끼가 떡방아를 찧는 것 같다'고 표현하는가 하면 과학 과목에서는 '아무도 살지 않는 지구 주위를 돌고 있는 위성' 혹은 '지구와 가장 가까운 천체'로 보기도 합니다. 〈세 마리 토끼 잡는 초등 독해력〉은 과목에 따라 다른 의미로 해석되는 다양한 영역의 글을 수록하여 도구 과목인 국어 과목뿐 아니라 사회, 과학, 예체능 등 다양한 교과 공부에 도움을 주는 배경지식을 키울 수 있습니다.

4 다원적 사고 능력을 열어 주는 책

독해력은 글의 내용을 이해·감상하고 자신의 관점으로 비판하며 창의적으로 표현하는 능력을 갖추는 고차원의 사고 능력입니다. 특히 서술형과 같은 문제 유형으로 자신의 생각을 창의적으로 표현해야 하는 경우에는 이와 같은 능력이 더욱 요구됩니다. 〈세 마리 토끼 잡는 초등 독해력〉은 독해력을 구성하는 이해력, 구조 파악 능력, 어휘력, 추리·상상적 사고 능력, 비판적 사고 능력, 문제 해결 능력 등 다원적 사고 능력을 골고루 계발하여 어떠한 문제 상황도 너끈히 해결할 수 있도록 도와줍니다.

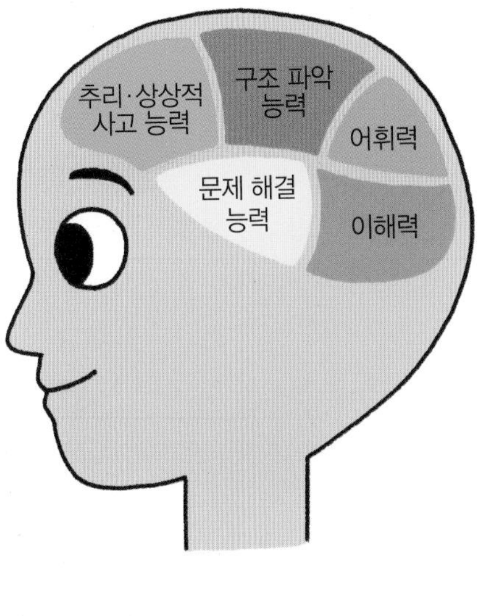

세 마리 토끼 잡는 초등 독해력 은 어떻게 이루어져 있나요?

1 전체 구성

〈세 마리 토끼 잡는 초등 독해력〉은 학년과 학기의 난이도에 따라 6단계 12권으로 이루어져 있습니다. 이 책은 각 학년과 학기의 학습 목표에 맞는 독해 주제를 단계적으로 구성하였으므로, 그에 맞게 선택해서 공부할 수 있습니다. 하지만 학습자의 독해 능력에 맞게 단계를 조정하여 선택하면 더욱 효과적입니다.

단계	A단계		B단계		C단계		D단계		E단계		F단계	
권 수	2권		2권		2권		2권		2권		2권	
단계 이름	A1	A2	B1	B2	C1	C2	D1	D2	E1	E2	F1	F2
학년-학기	1-1	1-2	2-1	2-2	3-1	3-2	4-1	4-2	5-1	5-2	6-1	6-2
학습일	각 권 20일											
1일 분량	매일 6쪽											

2 권 구성

〈세 마리 토끼 잡는 초등 독해력〉 한 권은 학습 내용에 따라 PART1, PART2, PART3으로 나누어져 있습니다. 학년별 난이도에 따라 각 PART의 분량이 다릅니다.

PART 1 사실 독해 (1~2주 분량)

독해에서 가장 기본이 되는 부분으로, 글에 나타난 정보나 사실을 확인하는 내용을 주로 담고 있습니다. 이 부분에서는 글에서 정보를 찾아보고, 이를 바탕으로 중심 내용과 주제, 글의 구조와 전개 방식을 파악하며 읽는 방법을 배웁니다. 이 부분은 독해를 처음 접하는 저학년일수록 분량이 많고, 고학년으로 갈수록 분량이 줄어듭니다.

단계별 구성(저학년은 분량이 많고, 고학년은 분량이 적습니다. A~C단계: 2주분 / D~F단계: 1주분)

A단계	B단계	C단계	D단계	E단계	F단계
					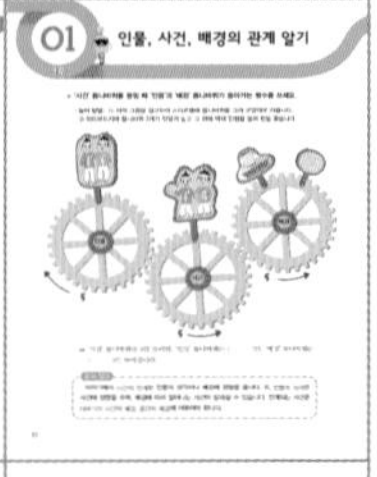
글자, 낱말, 문장 알기	마음을 나타내는 말 알기	설명하는 글을 읽은 경험 찾기	생각이나 느낌이 다른 까닭 알기	기행문의 특성 알기	인물, 사건, 배경의 관계 알기

PART 2 추론 독해 (1~2주 분량)

독해 능력이 발전하는 부분으로, 글에 드러난 것을 파악하는 것을 뛰어넘어 글에 숨겨진 뜻을 짐작하고 비판하는 내용을 담았습니다. 이 부분에서는 글에 나타난 정보를 짐작해 보고 생략된 내용이나 숨겨진 주제, 글을 쓴 목적을 찾아보며 글을 읽는 방법을 익힙니다. 그리고 글에 드러난 관점이나 글쓴이의 주장과 근거, 표현 방법 등을 비판하며 읽는 방법도 배웁니다. 이 부분은 저학년일수록 분량이 적고, 고학년으로 갈수록 분량이 늘어납니다.

단계별 구성(저학년은 분량이 적고 고학년은 분량이 많습니다. A~C단계: 1주분/ D~F단계: 2주분)

A단계	B단계	C단계	D단계	E단계	F단계
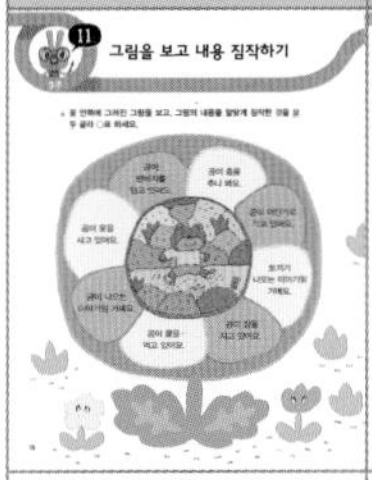	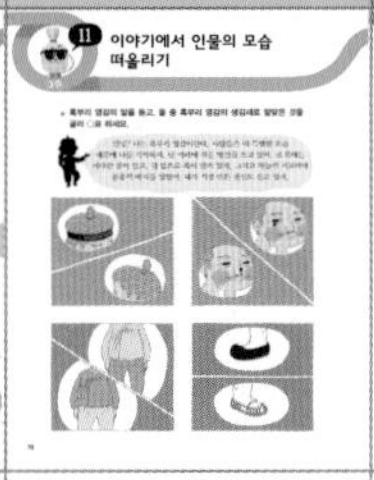	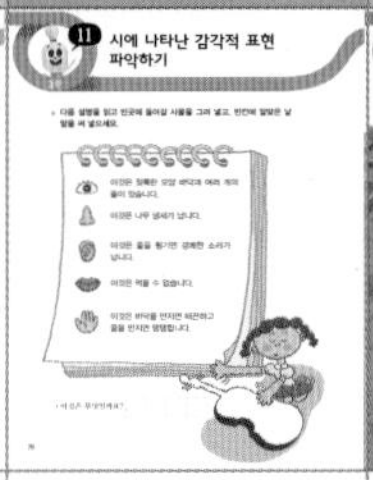	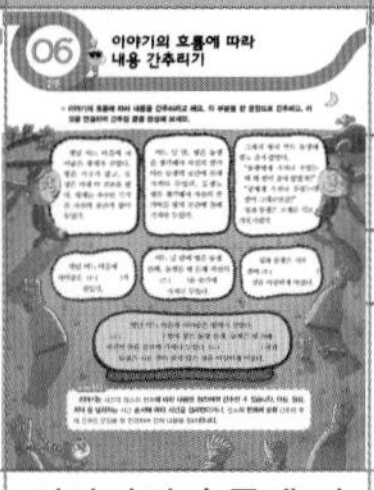		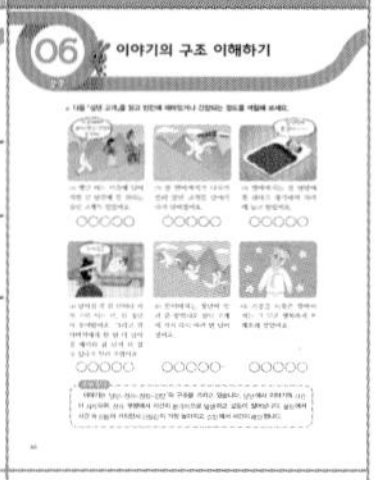
그림을 보고 내용 짐작하기	이야기에서 인물의 모습 떠올리기	시에 나타난 감각적 표현 파악하기	이야기의 흐름에 따라 내용 간추리기	글의 구조를 생각하며 요약하기	이야기의 구조 이해하기

PART 3 문제해결 독해 (1주 분량)

글의 내용을 자신의 상황에 창의적으로 적용하는 고차원적 독해 능력을 키우는 부분입니다. 이 부분에서는 글에서 감동적인 부분을 찾아 글쓴이의 마음에 공감하고, 글을 읽고 난 감동을 표현하며 읽습니다. 글에 나타난 다양한 문제 상황과 해결 방법을 나의 생활에 적용하며 창의적으로 읽는 방법을 배웁니다.

단계별 구성(저학년과 고학년 같은 분량입니다. A~F단계: 1주분)

A단계	B단계	C단계	D단계	E단계	F단계

이야기를 읽고 느낌 표현하기	시 속 인물의 마음 상상하기	원인과 결과를 생각하며 이야기 꾸미기	시에 대한 생각이나 느낌 표현하기	글을 읽고 문제 상황에 알맞은 의견 마련하기	인물이 추구하는 가치와 자신의 삶 관련짓기

세 마리 토끼 잡는 초등 독해력 1일 학습은 어떻게 짜여 있나요?

개념 활동 재미있게 활동하며 독해의 원리를 익힙니다 (2쪽)

개념 활동

매일 익힐 독해의 개념을 재미있는 활동과 간단한 문제로 알아볼 수 있습니다. 퀴즈, 미로 찾기, 색칠하기, 사다리 타기, 만들기 등 다양하고 재미있는 활동을 통해 독해의 원리를 입체적으로 배울 수 있습니다.

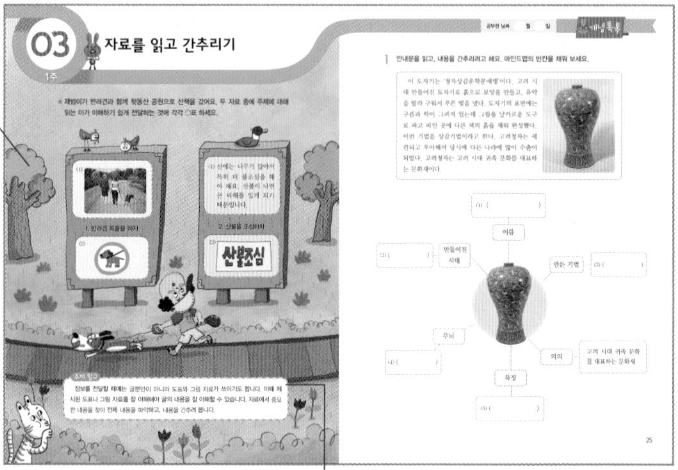

주제 탐구

개념 활동을 하며 살펴본 독해의 원리로 학습 주제를 살펴볼 수 있습니다. 이곳에서 앞으로 공부할 주제를 한눈에 확인할 수 있습니다.

독해력 활짝 짧은 글로 유형을 연습하며 독해력을 넓힙니다 (2쪽)

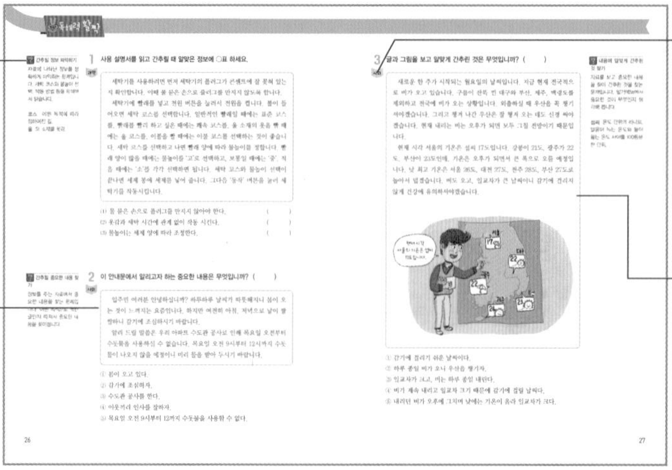

유형 설명

주제와 관련된 여러 유형을 나누어 핵심 평가 요소를 확인합니다.

유형 문제 연습

다양한 유형을 익힐 수 있는 독해 문제가 제시되어 있습니다.

관련 교과명

지문과 관련된 교과명이 표시되어 있습니다.

짧은 글 독해

유형과 관련 있는 짧은 글을 읽으며 문제의 출제 의도를 파악합니다.

독해력 쑥쑥 긴 글로 실전 문제를 풀며 독해력을 키웁니다 (2쪽)

글의 개관
글의 종류, 특징, 중심 내용, 낱말 풀이 등으로 글에 대한 이해를 돕습니다.

긴 글 독해
시, 동화, 소설, 편지, 일기, 설명문, 논설문 등 다양한 갈래의 글이 수록되어 있습니다.

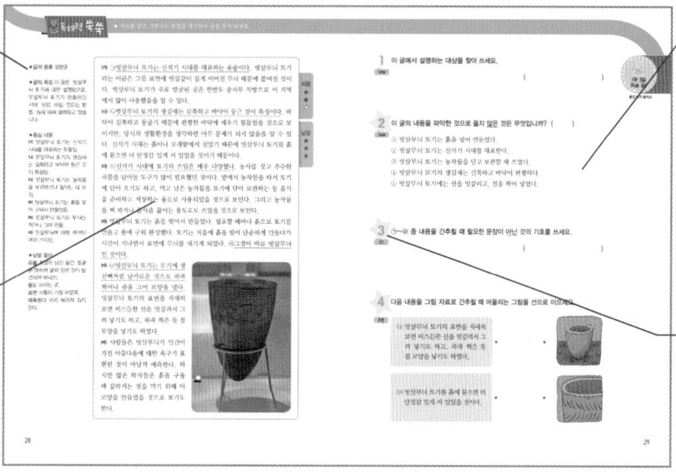

실전 문제
이해, 구조, 어휘, 추론, 비판, 문제해결 등과 관련된 다양한 실전 문제가 수록되어 있습니다.

핵심 문제
해당 주제의 핵심 문제는 노란색 별로 표시되어 있습니다.

독해 플러스 독해력을 돕는 배경지식을 알아봅니다

한 주 동안의 학습을 마무리하면서 독해와 관련된 배경지식을 살펴봅니다. 어휘, 속담, 고사성어, 문법, 독서의 방법 등 독해에 꼭 필요한 내용을 재미있는 만화를 통해 익히고, 간단한 문제로 확인해 봅니다.

세 마리 토끼 잡는 초등 독해력 이렇게 공부해요

1 매일매일 꾸준히 공부해요

〈세 마리 토끼 잡는 초등 독해력〉은 매일 6쪽씩 꾸준히 공부하는 책이에요. 재미있는 개념 활동으로 시작해서 학교 시험에 도움되는 실전 문제에 이르기까지 지루하지 않게 공부할 수 있지요. 공부가 끝나면 '○주 ○일 학습 끝!' 붙임 딱지를 붙여 보세요.

2 지문에 실린 책이나 교과서를 찾아 읽어 보아요

하루 공부를 마치고 나면, 본문 지문에 나온 책이나 교과서를 찾아 읽어 보세요. 본문에는 책의 전권을 싣기 힘들기 때문에 가장 대표적인 부분을 발췌했기 때문이지요. 본문을 읽다 보면 뒷이야기가 궁금해지거나 교과 내용이 궁금해져서 자연스럽게 찾아 읽게 될 거예요. 이 과정을 거듭하다 보면 독해 능력자가 될 수 있답니다.

3 지문에 실린 모르는 내용을 사전이나 인터넷을 찾아 읽어 보아요

독해 지문이 술술 읽히지 않는다면 낱말이나 문장을 이해하지 못하는 것입니다. 모르는 낱말이나 어구, 관용 표현 등을 국어사전으로 찾아보고, 비슷한말로 바꾸어 보며 내용을 온전히 자신의 것으로 만들어 보세요. 그리고 더 알고 싶은 것은 책이나 인터넷 백과사전을 검색하며 깊이 있게 공부해 보세요.

한 주 학습표

월	화	수	목	금	토
매일 6쪽씩 학습하고, '○주 ○일 학습 끝!' 붙임 딱지 붙이기					주요 내용 복습하기

세 마리 토끼 잡는

초등 독해력

F1
초등 6-1

주	일차	유형	독해 주제	교과 연계 내용
1주	1	PART1 (사실 독해)	인물, 사건, 배경의 관계 알기	[국어 6-1] 이야기의 내용 정리하기
	2		사건의 흐름 알기	[국어 6-1] 이야기 속 사건의 흐름 살펴보기
	3		다양한 자료의 특성 비교하기	[도덕 6학년] 다양한 갈등을 평화적으로 해결하기
	4		발표 자료 읽기	[사회 6-1] 우리나라 기후 환경 특성 알기
	5		극본의 특성 알기	[국어 6-1] 극본의 특성을 생각하며 극본 읽기
2주	6	PART2 (추론 독해)	이야기의 구조 이해하기	[국어 6-1] 이야기 속 사건의 흐름 살펴보기
	7		이야기의 구조를 생각하며 작품 읽기	[국어 6-1] 이야기를 읽고 요약하기
	8		주장이 다양한 까닭 파악하기	[도덕 6학년] 공정한 사회의 필요성 알기
	9		논설문의 특성 파악하기	[사회 6-1] 지구촌에서 나타나는 다양한 환경 문제 알아보기
	10		내용의 타당성과 표현의 적절성 판단하기	[사회 6-1] 인권 보호를 생활에서 실천하기
3주	11		비유하는 표현 이해하기	[국어 6-1] 비유하는 표현 찾기
	12		비유하는 표현의 효과 파악하기	[국어 6-1] 비유하는 표현이 드러난 시 읽기
	13		다양한 상황 속 속담 짐작하기	[도덕 5학년] 친구의 마음에 공감하기
	14		내용을 추론하며 읽기	[국어 6-1] 글쓴이의 생각 추론하기 [사회 6-2] 지구촌 갈등 해결을 위한 개인과 비정부 기구의 노력 조사하기
	15		인물의 추구하는 가치 파악하기	[국어 6-1] 인물이 추구하는 가치 파악하기
4주	16	PART3 (문제해결 독해)	인물이 추구하는 가치와 자신의 삶 관련짓기	[국어 6-1] 인물의 삶과 자신의 삶 관련짓기
	17		이야기의 시점 바꾸기	[중학 국어] 작품 속의 말하는 이 파악하기
	18		글의 설명 방법 바꾸기	[음악 6학년] 우리 지역에 전승되어 오는 음악 문화유산 찾아 발표하기
	19		글로 마음을 주고받기	[국어 6-1] 마음을 나누는 글 쓰기 [사회 5-2] 나라를 지키기 위한 안중근의 노력 알아보기
	20		설득력 있는 광고 표현하기	[사회 6-1] 가계의 합리적인 선택 방법 알기

PART 1

사실 독해

글에 드러난 정보를 찾아보고 이를 바탕으로 중심 내용과 주제,
글의 구조와 전개 방식 등을 파악하며 읽는 방법을 배워요.

contents

01 인물, 사건, 배경의 관계 알기

1주

★ '사건' 톱니바퀴를 돌릴 때 '인물'과 '배경' 톱니바퀴가 돌아가는 횟수를 쓰세요.

• **놀이 방법:** ① 아래 그림을 참고하여 스티로폼에 톱니바퀴를 그려 모양대로 자릅니다.
② 하드보드지에 톱니바퀴 3개가 맞닿게 놓고 그 위에 막대 인형을 올려 핀을 꽂습니다.

➡ '사건' 톱니바퀴를 5칸 돌리면, '인물' 톱니바퀴는 (   )칸, '배경' 톱니바퀴는 (   )칸 돌아갑니다.

주제 탐구

이야기에서 사건의 전개는 인물의 성격이나 배경에 영향을 줍니다. 또, 인물의 성격은 사건에 영향을 주며, 배경에 따라 일어나는 사건이 달라질 수 있습니다. 전개되는 사건은 이야기의 시간적 배경, 공간적 배경에 어울려야 합니다.

● (1~2) 다음을 읽고 물음에 답하세요.

햇빛이 쨍쨍 내리쬐던 날, 사이좋은 형제가 길을 가다가 햇빛을 받아 반짝거리는 금덩이를 발견했다. 형제는 잠시 각자 금덩이를 가지고 싶다는 생각을 했다. 그래서 형제는 아무도 찾을 수 없는 바다 한가운데로 배를 타고 가서 금덩이를 풍덩 빠뜨렸다.

1 다음은 인물, 사건, 배경 중 무엇과 관련 있는지 첫 글자 '인', '사', '배'를 쓰세요.

(1) 사이좋은 형제가 있었다. (　　　)

(2) 햇빛이 쨍쨍 내리쬐던 날이었다. (　　　)

(3) 형제가 바다 한가운데에 금을 빠뜨렸다. (　　　)

2 보기 처럼 인물의 성격이나 배경이 바뀐다면 어떤 사건이 일어날지 상상하여 쓰세요.

보기

• 만약에 형제가 욕심이 많았다면?

➡ 금을 가지려고 싸웠을 것이다.

• 만약에 흐린 날이었다면?

➡ 금덩이를 보지 못했을 것이다.

(1) 만약에 놀부 아내가 착했다면? ➡ (　　　　　　　　　　　　　　)

(2) 만약에 마당에서 흥부를 만났다면? ➡ (　　　　　　　　　　　　　　)

유형 1 인물의 성격에 영향을 받아 일어난 사건 알기

인물의 성격 때문에 어떤 사건이 벌어졌는지 파악하는 문제입니다.

1 **이반의 성격 때문에 일어난 일이 아닌 것은 무엇입니까? (　　　)**

국어

어느 날 마귀는 착하고 성실한 이반이 못마땅해 골려 주기로 마음먹었다. 이반은 형의 집을 지어 주려고 숲에서 땀을 뻘뻘 흘리며 나무를 베어 한 방향으로 차곡차곡 쓰러뜨렸다.

"해가 지기 전에 이 나무를 다 베어 쌓으려면 서둘러야겠는걸?"

마귀는 이반이 나무를 베는 반대 방향으로 나무가 쓰러지게 했다.

뒤죽박죽이 된 나무를 본 이반은 놀라는가 싶더니 다시 나무를 베고 쌓기 시작했다. 나무를 반대로 넘기다가 지친 마귀는 나뭇가지에서 잠이 들었다.

얼마 뒤 깨어 보니 이반이 숲의 나무를 모두 베어 버리고 마귀가 앉은 나무마저 넘어뜨리고 있었다.

레프 톨스토이, 『바보 이반』

① 형의 집을 지어 주려고 숲에서 일했다.
② 숲에 있는 나무를 모두 베어 쓰러뜨렸다.
③ 장난기가 많아 다른 사람을 골려 주었다.
④ 잠시도 쉬지 않고 땀을 뻘뻘 흘리면서 일했다.
⑤ 뒤죽박죽이 된 나무를 보고 다시 나무를 베고 쌓았다.

유형 2 사건에 영향을 주는 배경 알기

사건의 전개에 영향을 주는 배경을 파악합니다.

행차 웃어른이 차리고 나서서 길을 감.
삿갓 비나 햇볕을 막기 위하여 대오리나 갈대로 거칠게 엮어서 우산과 비슷한 모양으로 만든 쓰개.

2 **이 글에서 사건에 영향을 준 배경을 찾아 쓰세요.**

국어

비가 주룩주룩 오는 어느 날 오후였다. 재상을 태운 가마가 머리를 조아린 백성들을 가르며 지나가고 있었다. 이때 맞은편에서 느릿느릿 나귀를 타고 오는 젊은 선비가 있었다.

"훠이, 물렀거라! 영의정 대감 행차시다. 냉큼 물러서라!"

호위꾼들이 아무리 큰소리를 쳐 봐도 선비는 꼼짝도 하지 않았다.

재상이 끌려온 젊은 선비에게 바쁜 행차를 막은 이유를 물었다.

"비가 와서 쓴 삿갓으로 앞이 안 보이고 빗소리 때문에 소리도 들리지 않았습니다. 겹겹이 둘러싸인 가마에 누가 탔는지 어찌 알았겠습니까?"

(　　　　　　　　　　　　　)

3 ㉠에 드러난 창남이의 성격을 알맞게 말한 친구에 ○표 하세요.

국어

㈎ ○○고등 보통학교 1학년 을반 창남이는 반 중에 제일 인기 좋은 쾌활한 소년이었다. 이름이 창남이요, 성이 한 가라 비행사 안창남과 같다고 학생들은 모두 그를 보고 '비행사 비행사' 하고 부르는데, 사실 그는 비행사같이 시원스럽고 유쾌한 성질을 가진 소년이었다.

모자가 다 해졌어도 새것을 사 쓰지 않고, 양복 바지가 해져서 궁둥이에 조각조각을 붙이고 다니는 것을 보면 집안이 구차한 것도 같지만, 그렇다고 단 한 번이라도 근심하는 빛이 있거나 남의 것을 부러워하는 눈치도 없었다.

남이 걱정이 있어 얼굴을 찡그릴 때에는 우스운 말을 잘 지어내고, 동무들이 곤란한 일이 있을 때에는 좋은 의견도 잘 꺼내 놓으므로, '비행사'의 이름은 더욱 높아졌다.

㈏ 그는 다른 우스운 말은 가끔가끔 하여도, 자기 집안일이나 자기 신상에 관한 이야기는 말하는 법이 없었다. 그런 것을 보면 입이 무거운 편이었다.

그는 입과 같이 궁둥이가 무거워서 철봉틀에서는 잘 넘어가지 못하여 늘 체조 선생님께 흉을 잡혔다. ㉠하학한 후, 학생들이 다 돌아간 다음에도 혼자 남아서 철봉틀에 매달려 땀을 흘리면서 혼자 연습을 하고 있는 것을 동무들은 가끔 보았다.

"이 애, 비행사가 하학한 후 혼자 남아서 철봉 연습을 하고 있더라."

"땀을 뻘뻘 흘리면서 혼자 애를 쓰더라."

"그래, 이제는 좀 넘어가던?"

"웬걸, 한 이백 번이나 넘도록 연습하면서 그래도 혼자 못 넘어가더라."

방정환, 『만년샤쓰』

(1) 철봉을 잘 못하는 것을 알고 끈기 있게 노력하는 아이야.

(2) 우스운 소리를 잘하고 놀기 좋아하는 성격이야.

(3) 혼자 있는 것을 좋아하며 생각이 깊어.

유형 3 **사건에 영향을 주는 인물의 성격 알기**

사건에 영향을 미치는 인물의 성격을 파악하는 문제입니다.

안창남 우리나라 최초의 비행사(1901~1930).
구차한 살아가는 형편이 몹시 가난한.
신상 한 사람의 몸이나 처신, 또는 그의 주변에 관한 일이나 형편.
하학한 학교에서 그날의 수업을 마친.

● **글의 종류** 이야기(소설)

● **글의 특징** 이 글은 독일과 프랑스의 전쟁을 배경으로 마지막 프랑스어 수업을 하는 날의 일을 그린 이야기 「마지막 수업」의 일부입니다. 주어진 글은 '나'가 마지막 프랑스어 수업을 들으면서 지난 시간을 후회하는 장면입니다.

● **낱말 풀이**

정적 쓸쓸한 느낌이 들 정도로 조용고 잠잠함.

하마터면 조금만 잘못하였더라면.

영문 일이 돌아가는 형편이나 그 까닭.

지문 ★★☆

낱말 ★☆☆

[앞 이야기] '나(프란츠)'는 분사에 대해 몰라서 선생님에게 꾸중을 들을까 봐 늑장을 부리다가 학교 수업에 늦었다. 나는 면사무소를 지날 무렵 서두를 것 없다는 마을 사람들의 말에 오늘이 뭔가 특별한 날이라는 것을 느꼈다.

(가) 그날은 이상하게도 마치 일요일 아침처럼 조용했다. 열린 창 너머로 제자리에 얌전히 앉아 있는 친구들과 쇠자를 끼고 지나가는 아멜 선생님이 보였다. 나는 별수 없이 문을 열고 그 정적 속으로 들어가야 했다. 내가 얼마나 부끄럽고 두려웠는지 짐작이 갈 것이다.

그런데 이상한 일이었다. 아멜 선생님은 화도 내지 않고 나를 쳐다보시며 아주 부드럽게 말씀하셨다.

"프란츠, 어서 네 자리로 가거라. 하마터면 너를 빼놓고 수업을 시작할 뻔했구나."

나는 영문도 모른 채 얼른 내 자리로 갔다. 자리에 앉자 두려움이 사라졌다. 그제야 우리 선생님의 모습이 여느 때와 다르다는 것을 알아챘다.

(나) 그중에서도 특히 나를 놀라게 한 것은, 언제나 비어 있던 교실 뒤편 의자에 마을 사람들이 조용히 앉아 있는 것이었다. 모자를 쓴 오젤 영감님, 예전 읍장과 집배원 아저씨, 그리고 또 다른 마을 사람들이 앉아 있었다. 그들의 표정은 모두 슬퍼 보였다.

(다) 이러한 낯선 분위기에 놀라고 있는 사이에 아멜 선생님이 교단으로 올라가서 조금 전 내게 말한 것처럼 부드럽고 엄숙한 목소리로 말씀하셨다.

"여러분, 오늘이 내가 여러분을 가르치는 마지막 수업 시간입니다. 알자스와 로렌 지방의 학교에서는 독일어만 가르치라는 지시가 내려왔습니다. 내일은 새로운 선생님이 오실 겁니다. 그러니 오늘은 여러분과 내게 마지막 프랑스어 수업 시간입니다. 아무쪼록 열심히 들어주기 바랍니다."

맙소사! 면사무소 앞 게시판에 붙어 있던 것이 ㉠<u>이 내용</u>이었구나! 나의 마지막 프랑스어 수업, 하지만 나는 아직 프랑스어를 제대로 읽거나 쓸 줄 몰랐다.

그래, 이제 프랑스어를 배울 수 없구나! ㉡<u>나는 그동안 시간을 헛되이 보낸 것과 새 둥지를 찾아 돌아다니던 일, 자르강에서 썰매를 타느라 수업을 빼먹은 일 등을 떠올리며 얼마나 후회했는지 모른다. 조금 전까지만 해도 그렇게 따분하고 지겹게 느껴지던 문법책과 역사책 등이 이제는 헤어지기 섭섭한 오랜 친구처럼 정겹게 느껴졌다</u>.

알퐁스 도데, 「마지막 수업」

붙임 딱지 붙여요.

1 (가), (나)에서 '나'를 놀라게 했던 낯선 일을 <u>두 가지</u> 고르세요. (   )

이해

① 프랑스어 수업을 빼먹고 놀러 간 일
② 문법책과 역사책이 따분하게 느껴진 일
③ 교실 뒤편에 마을 사람들이 앉아 있는 일
④ 선생님이 학교 수업에 늦은 것을 꾸중하지 않은 일
⑤ 학교에서 독일어만 가르치게 되었다고 선생님이 말한 일

2 ㉠의 내용은 무엇인지 이 글에서 찾아 쓰세요.

이해

---

3 이 글에서 일어난 사건에 가장 영향을 미치는 배경은 무엇입니까? (   )

추론

① 프란츠의 집이 학교와 먼 것
② 프란츠가 등교 시간에 늦은 것
③ 프란츠의 학교가 면사무소보다 먼 것
④ 프란츠의 교실이 학생과 주민들로 꽉 찬 것
⑤ 알자스와 로렌 지방의 학교에서 프랑스어를 배우지 못하게 된 것

4 ㉡에 나타난 '나'와 비슷한 경험을 떠올린 친구에 ○표 하세요.

문제해결

02 사건의 흐름 알기

1주

★ 다음 이야기를 읽으면서 일이 일어난 차례를 떠올려 보세요. 그리고 이야기에서 일이 일어난 차례에 해당하는 알맞은 번호를 쓰세요.

청년이 되어 돈이 필요해진 소년은 나무에서 사과를 따서 팔았어요.

어른이 되어 집이 필요해진 소년은 나뭇가지를 베어 집을 지었어요.

나무는 노인이 되어 쉴 곳이 필요한 소년에게 마지막 남은 밑동을 내주었어요.

나무는 나이가 들어 멀리 떠나고 싶어 하는 소년에게 배를 만들라고 줄기를 내주었어요.

한 나무와 한 소년이 있었어요.

심심했던 소년은 나무와 함께 놀면서 시간을 보냈어요.

주제 탐구

이야기에서 사건의 흐름을 파악하려면 먼저 인물, 사건, 배경을 찾아 사건의 원인과 결과 또는 사건의 배경이 되는 시간, 장소의 변화 과정을 알아봅니다. 이를 바탕으로 사건이 일어난 차례를 생각해 보면 사건의 흐름을 파악할 수 있습니다.

1 ㉮~㉰에서 일어난 일을 살펴보고, 사건의 흐름에 맞게 차례대로 기호를 쓰세요.

㉮ 나무는 중년이 되어 멀리 떠나고 싶어 하는 소년에게 배를 만들라고 줄기를 내주었다.

㉯ 나무는 노인이 되어 쉴 곳이 필요한 소년에게 마지막 남은 밑동을 내주었다.

㉰ 청년이 되어 돈이 필요해진 소년은 나무에서 사과를 따서 팔았다.

(　　　　) ➡ (　　　　) ➡ (　　　　)

2 소년이 나이가 들수록 나무는 어떻게 바뀌어 갔는지 선으로 이으세요.

(1)  •　　　　• ① 나무에서 열매가 사라졌다.

(2)  •　　　　• ② 나무에서 줄기가 사라졌다.

(3)  •　　　　• ③ 나무의 밑동만 남았다.

(4)  •　　　　• ④ 나무의 잎이 무성하고 열매를 맺었다.

유형 1 이야기에서 사건이 일어난 장소의 변화 알기

사건이 일어난 때와 곳을 확인하고, 사건이 벌어지는 장소가 어떻게 바뀌는지 파악하는 문제입니다.

1 사건이 일어난 장소로 빈칸에 알맞은 말을 이 글에서 찾아 쓰세요.

국어

드디어 전학 가는 날이다. 엄마와 함께 학교로 가는 길에 가슴이 두근두근, 심장이 콩닥콩닥 뛰었다.

엄마는 교무실에 계신 한 선생님께 나를 맡기고 가 버리셨다.

"너 새로 전학 왔지?"

"네."

선생님을 따라 낯선 교실들을 지나 '6-1'이라는 팻말이 적힌 교실로 들어갔다. 한 친구가 "전학생 왔다!"라고 소리치자, 교실은 갑자기 조용해졌다.

'아, 창피해. 저렇게 떠들어댈 게 뭐람!'

• 학교로 가는 길 ➡ [   ] ➡ 6학년 1반 교실

유형 2 사건이 일어난 까닭 파악하기

사건의 흐름을 파악하기 위해 사건이 '왜' 일어났는지 원인을 알아봅니다.

한학 한문을 연구하는 학문. '한문학'이라고도 함.

2 안창호가 머리를 자른 까닭은 무엇입니까? (   )

사회

안창호는 어릴 적 엄격한 할아버지에게 한학을 배우며 서당에서 공부하였다. 그 뒤 안창호는 서양의 선교사가 운영하는 '구세학당'에서 신학문을 배우게 되었는데, 그곳에서 공부하려면 머리카락을 잘라야 했다.

'몸과 살 그리고 머리카락은 부모님에게 받은 소중한 것이라고 배웠는데…….'

안창호는 할아버지의 가르침을 생각하면 머리카락을 자를 수 없었다. 하지만 바람 앞에 등불 같은 조국을 구하려는 마음에 용기를 내어 머리카락을 싹둑 잘랐다.

① 부모님에게 용기를 보이려고
② 할아버지께 한학을 배우려고
③ 위태로운 조국을 구하기 위해서
④ 서양의 선교사에게 잘 보이려고
⑤ 할아버지께 신학문을 알려 드리려고

3 국어

이 글에서 사건이 일어난 흐름에 맞게 빈칸에 차례대로 기호를 쓰세요.

“요놈들, 이 할애비가 수수께끼 문제 하나 낼까? 때리면 살고 안 때리면 죽는 것은 무얼까?”

“팽이요!”

내가 먼저 힘차게 대답했어요.

“옳지, 역시 우리 큰 손주구나! 그럼 또 하나 낼까?”

“네네.”

영인이가 안달이 나서 재촉했어요.

“몸뚱이 하나에 꼬리를 달고 하늘에서 춤추는 것은 무얼까?”

“꼬, 꼬리연이오!”

이번에는 영인이가 지지 않으려고 먼저 대답했어요.

“옳지옳지, 역시 홍가네 손주들이구나! 요놈들, 그 휴대폰이 좋으냐? 수수께끼가 좋으냐?”

할아버지의 목소리는 예전처럼 크셨지만 무섭지 않았어요.

“수수께끼요.”

나와 영인이가 합창을 하자 할아버지는 우리를 힘껏 안아 주셨어요. 수염이 까칠까칠하고 막걸리 냄새가 났지만 나는 할아버지가 엄마 아빠보다 더 좋아졌어요. 창문 밖에 보름달도 환하게 웃고 있었지요.

㉮ 내가 수수께끼를 맞혔음. ㉯ 동생이 수수께끼를 맞혔음.
㉰ 할아버지가 수수께끼를 내셨음. ㉱ 할아버지가 엄마 아빠보다 좋아짐.
㉲ 할아버지가 나와 동생을 안아 주심.

㉰ ➡ (　　　) ➡ (　　　) ➡ (　　　) ➡ (　　　)

유형 3 사건의 흐름 정리하기

사건의 차례를 살펴서 전체 사건의 흐름을 파악하는 문제입니다.

안달 속을 태우며 조급하게 구는 일.

●**글의 종류** 이야기(소설)

●**글의 특징** 이 글은 아버지의 눈을 뜨게 하려고 인당수에 제물이 된 효녀 심청 이야기 중 일부입니다. '효'를 강조한 고전 소설로 판소리로도 불려졌습니다.

●**낱말 풀이**
맹인 '시각 장애인'을 달리 이르는 말.
행색 겉으로 드러나는 차림이나 태도.
무남독녀 아들이 없는 집안의 외동딸.
어화둥둥 노랫가락을 겸하여 아기를 어를 때 내는 소리.

지문 ★☆☆
낱말 ★★☆

[앞 이야기] 심청은 어머니를 여의고 눈먼 아버지와 함께 살았다. 심청은 아버지의 눈을 뜨게 하려고 공양미 삼백 석에 제물이 되어 인당수에 빠졌다. 그 뒤 심청은 그녀의 효심에 감동한 용왕의 도움으로 목숨을 건지고 왕비가 되었다.

왕비가 된 심청은 밤마다 아버지인 심 봉사를 그리며 울었다. 이 사실을 알게 된 왕은 전국의 맹인들을 초청하여 삼 일 동안 큰 잔치를 베풀기로 하였다. 전국 방방곡곡에서 소식을 들은 맹인들이 궁궐로 모여들었다.

"무주 땅에 사는 김 맹인이오." / "진주에서 올라온 최 맹인이오."

궁궐 마당에 맹인들의 웃음소리가 울려 퍼졌지만 심 봉사는 나타나지 않았다.

삼 일째 되던 날 잔치가 막 끝나 가던 시간이었다. 문 밖에 행색이 초라한 맹인 한 명이 지팡이를 더듬거리며 나타났다.

"맹인은 이름과 고향을 아뢰시오!"

"소…, 소인이 사는 곳은 황주 도화동이옵고 이름은 심학규입니다."

그때 심청이 이 말을 듣고 버선발로 뛰어나와 심 봉사를 끌어안았다.

"아이고, 아버지! 왜 이제 오셨나요? 흑흑."

심청의 울음소리에 심 봉사가 놀라서 뒷걸음을 쳤다.

"아버지라니요! 난 아들도 없고 딸도 없소. 무남독녀 외동딸이 인당수에 빠져 죽은 지 삼 년인데 이게 무슨 말이오!"

"아버지, 청이가 살아서 여기 있어요! 어서 눈을 떠 보세요."

"내, 내 딸이라니요, 그럴 리 없소! 죽고 없는 내 딸 심청이 살아 있다는 말이 정말이오? 아이고, 갑갑해라. 내가 눈이 보여야 내 딸을 보지!"

㉠이때 답답해서 가슴을 치던 심 봉사가 눈을 끔뻑거리더니 마침내 눈을 떴다.

"내 딸 청이가 맞구나! 어화둥둥, 내 딸 청이가 왕비님이시라네!"

심 봉사는 기뻐서 덩실덩실 춤을 췄고 심청도 하염없이 눈물을 흘렸다.

붙임 딱지 붙여요.

1 **왕이 맹인 잔치를 베푼 까닭은 무엇입니까? (　　　)**

이해

① 왕비인 심청이 부탁해서
② 왕비를 맞게 된 것을 축하하려고
③ 심청에게 아버지를 만나게 해 주려고
④ 나라에서 맹인들을 대접하기로 정해서
⑤ 신하들이 맹인들을 위한 잔치를 벌이자고 해서

2 **이 글에서 가장 마지막에 일어난 일을 골라 ○표 하세요.**

구조

(1) 왕이 맹인 잔치를 열었다. (　　　)
(2) 심청이 심 봉사를 그리워하며 밤새 울었다. (　　　)
(3) 심청이 심 봉사를 만나 기쁨의 눈물을 흘렸다. (　　　)
(4) 왕은 궁궐에 모여든 맹인들에게 음식을 대접했다. (　　　)

3 **이 글에 대한 설명으로 알맞지 않은 것은 무엇입니까? (　　　)**

추론

① 사건이 일어난 곳은 궁궐이다.
② 장소가 바뀌면서 사건이 진행되고 있다.
③ 시간의 흐름에 따라 사건이 진행되고 있다.
④ 인물이 한 말에서 인물의 마음을 짐작할 수 있다.
⑤ 중심 사건이 일어난 때는 맹인 잔치를 연 지 삼 일째 되는 날이다.

4 **㉠과 관련 있는 속담을 말한 친구에 ○표 하세요.**

추론

03 다양한 자료의 특성 비교하기

★ 세린이가 신문 기사에서 읽은 음식의 칼로리를 도표로 정리했어요. 도표의 특성으로 알맞은 것을 모두 골라 색칠하세요.

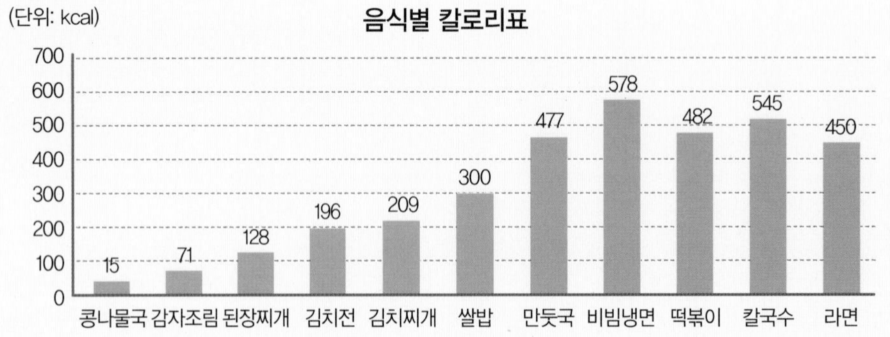

(1) 여러 가지 자료의 수량을 비교하기 쉬움.

(2) 정확한 수치를 나타낼 수 있음.

(3) 대상을 한눈에 볼 수 있음.

(4) 분위기를 잘 전달함.

(5) 수량의 변화 정도를 보기 편리함.

(6) 대상의 정확한 모습을 보여 줌.

주제 탐구

표, 사진, 도표, 동영상 등 다양한 자료의 특성을 알고 잘 활용하면 읽는 사람(듣는 사람)이 흥미를 느낄 수 있고, 내용을 효과적으로 전달할 수 있습니다. 또, 자료를 활용하면 내용을 더 잘 이해할 수 있습니다.

1 왼쪽의 도표를 보고 ㉠, ㉡에 들어갈 알맞은 음식 이름을 쓰세요.

어린이 비만 예방, 식습관부터 바꾸어야

최근 들어 서구화된 식사 습관과 운동 부족으로 어린이 비만이 늘고 있다. 어린이 비만을 막으려면 어릴 때부터 패스트푸드 음식을 줄이고 영양가 있는 음식을 골고루 챙겨 먹는 것과 함께 적당한 양만 먹는 건강한 식습관을 길러야 한다.

○○대학교 식품영양학과에서 조사한 결과를 보면, 조사 대상 음식 11가지 중에서 칼로리가 가장 높은 음식은 ㉠, 칼국수, 떡볶이, 만둣국, 라면 등으로 나타났다. 반면에 칼로리가 가장 낮은 음식은 ㉡, 감자조림, 된장찌개, 김치전, 김치찌개 등이다.

(1) ㉠: (　　　　　　　　)　　　(2) ㉡: (　　　　　　　　)

2 자료의 특성에 알맞은 자료를 찾아 선으로 이으세요.

(1) 음악이나 자막을 넣어 분위기를 잘 전달할 수 있다. •	• ① 사진
(2) 직접 경험할 수 있어 오래 기억할 수 있다. •	• ② 표
(3) 설명하는 대상의 정확한 모습을 한눈에 보여 줄 수 있다. •	• ③ 동영상
(4) 여러 가지 자료의 수량을 비교하기 쉽고, 많은 양의 자료를 간단하게 나타낼 수 있다. •	• ④ 실물

유형 1 표 자료의 특성 알기

많은 양의 자료를 간단하게 나타내는 표의 특성을 확인하는 문제입니다.

1 다음은 ㉠을 ㈏로 나타낼 때의 효과예요. 빈칸에 알맞은 낱말을 쓰세요.

국어

㈎ 우리나라 초등학교 3~6학년 학생들이 좋아하는 과목은 '과학'인 것으로 밝혀졌다. ○○출판사가 초등학교 3~6학년 학생 1만 9,487명을 대상으로 조사한 바에 따르면, ㉠우리나라 초등학교 3~6학년 학생 중 48%가 '과학'을 가장 좋아하는 과목으로 꼽았고, 이어 국어(20%), 사회(18%), 수학(14%) 순으로 흥미를 느낀다는 답변이 나왔다.

㈏ 우리나라 초등학교 3~6학년 학생이 좋아하는 과목

과목	국어	사회	수학	과학
선호도(%)	20	18	14	48

• 표로 나타내면 여러 가지 자료의 (　　　　　)을/를 비교하기 쉬우며, 많은 양의 자료를 간단히 나타낼 수 있습니다.

유형 2 사진 자료의 특성 알기

설명하는 대상의 정확한 모습을 한눈에 보여 주는 사진 자료의 특성을 파악합니다.

2 이 글에서 사용한 사진 자료의 효과를 두 가지 고르세요. (　　　　)

사회

○○시에서는 2020년 4월 1일부터 6월 30일까지 시청 앞 한마당에서 튤립 축제를 개최한다. 이 축제에는 세계 각국에서 온 2천여 종의 튤립이 전시되고, 어린이를 위한 놀이공원도 개장할 예정이다.

① 수량을 비교하기 쉽다.
② 수량의 변화를 정확히 나타낸다.
③ 설명하는 대상을 한눈에 볼 수 있다.
④ 음악과 자막으로 분위기를 잘 전달한다.
⑤ 설명하는 대상의 정확한 모습을 볼 수 있다.

3 ㈎와 ㈏를 비교한 내용으로 알맞은 것에 ○표 하세요.

국어

㈎

읽은 책의 종류 (단위: 권)

종류	1모둠	2모둠
동화	8	10
위인전	6	4
사전	4	6
만화	2	4

㈏

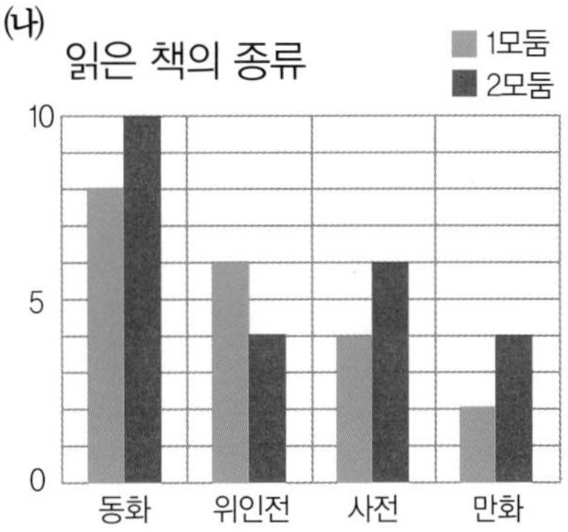

(1) ㈎는 ㈏에 비해 분위기를 잘 전달할 수 있다. ( )

(2) ㈎는 ㈏에 비해 정확한 모습을 담을 수 있다. ( )

(3) ㈏는 ㈎에 비해 수량의 변화를 보기 편리하다. ( )

(4) ㈏는 ㈎에 비해 자료를 간단하게 나타낼 수 있다. ( )

유형 3 표와 도표의 특성 비교하기

표는 많은 양의 자료를 간단히 나타낼 수 있으며, 도표는 수량의 변화 정도를 쉽게 알 수 있습니다. 이와 같은 표와 도표의 특성을 비교하며 파악합니다.

4 세 친구가 활용할 수 있는 알맞은 자료를 찾아 선으로 이으세요.

국어

(1) 역사 속으로 사라진 직업의 종류와 수, 그 까닭을 직업별로 보여 주고 싶어. •

• ① 사진

(2) 조선 후기에 물을 팔던 물장수의 모습을 소리까지 생생하게 보여 주고 싶어. •

• ② 표

(3) 세계 여러 나라의 크리스마스 풍경을 한눈에 보여 줄 거야. •

• ③ 동영상

유형 4 발표 내용에 알맞은 자료 찾기

발표할 주제나 내용의 특성에 따라 활용할 수 있는 자료를 파악합니다.

●글의 종류 기사문

●글의 특징 이 글은 새 학년에 많이 발생하는 초등학생들의 보행자 교통사고에 주의하자는 내용을 담은 기사문입니다.

●중심 내용
(가) 초등학생들의 보행자 교통사고가 3월과 저학년에 집중됨.
(나) 초등학생 보행자 사고는 3~5월까지, 하교 시간에 가장 많이 발생함.
(다) 초등학생 보행자 사고가 일어나는 원인은 운전자들의 부주의 때문임.
(라) 초등학생 보행자 교통사고를 예방하려면 초등학생뿐 아니라 운전자들이 함께 노력해야 함.

●낱말 풀이
보행자 걸어서 길거리를 왕래하는 사람.
사상자 죽거나 부상을 입은 사람.
무단 횡단 교통 신호를 지키지 않고 거리를 가로질러 감.

지문 ★★☆
낱말 ★★☆

(가) 초등학생들의 보행자 교통사고가 일 년 중 새 학년이 시작되는 3월에 가장 많고, 저학년에 집중되는 것으로 나타났다.

도로교통공단이 최근 5년 간 초등학생 보행자 교통사고를 조사한 결과에 따르면, 초등학생 보행자 교통사고는 연간 1만 5,540건이나 발생했고, 이 중 3월에 발생한 교통사고가 55%로 가장 많았다. ㉠특히 연령대가 낮을수록 사상자 수가 늘어나 초등학교 1~3학년이 439명(64%)으로 가장 많았으며, 4명 중 1명(683명, 25%)은 무단 횡단을 하다가 사고를 당한 것으로 나타났다.

(나) 초등학생 보행자 교통사고는 새 학년이 시작하는 3월부터 크게 늘기 시작해 야외 활동이 많은 5월까지 계속해서 늘어났다. 시간대로 살펴보면 전체 사고의 75%가 등교 시간(6~10시)과 하교 시간(12~18시)에 집중되었고, 하교 시간에 가장 많은 사상자가 생겼다.

(다) 초등학생 보행자 교통사고가 일어나는 원인으로는 운전자가 안전 운전을 하지 않은 경우가 55%, 운전자가 보행자를 보호하지 않은 경우가 26%로 나와 운전자들이 조금 더 주의를 기울인다면 사고를 크게 줄일 수 있을 것으로 예상된다.

(라) ㉡초등학생 보행자 교통사고를 예방하려면 초등학생들에게 '반드시 인도로 다니고 횡단보도에서는 신호등이 녹색인지 확인한 다음 일단 멈춰서 차가 오는지 좌우를 살펴야 한다.'는 안전 수칙을 알려야 한다.

그리고 운전자들 역시 '학교 주변이나 어린이 보호 구역에서는 30km 이하로 천천히 움직이고 횡단보도나 건널목에서는 반드시 일시 정지해야 한다.'는 안전 운전 의무를 지켜야 한다.

정부 관계자는 "새 학년이 시작되는 3월에는 아이들의 야외 활동이 많아지는 만큼 교통사고가 일어날 위험이 크므로, 아이들이 올바른 보행 습관을 가질 수 있도록 지도하고 운전자들도 안전 운전 의무를 준수해 달라."고 요청했다.

붙임 딱지 붙여요.

1 이 글의 내용과 일치하는 것은 무엇입니까? (　　　)

이해

① 초등학생 보행자 교통사고는 9월이 가장 많다.
② 초등학생 보행자 교통사고를 당한 어린이는 고학년이 많다.
③ 초등학생이 안전 수칙을 지키지 않아 보행자 사고가 많이 일어난다.
④ 초등학생 보행자 중 사상자는 등교 시간보다 하교 시간에 많이 발생한다.
⑤ 운전자들이 안전 운전 의무를 잘 지켜 초등학생 보행자 사고가 줄어들었다.

2 ㉠, ㉡의 내용에 활용할 수 있는 자료를 ㉮~㉰에서 골라 기호를 쓰세요.

추론

㉮
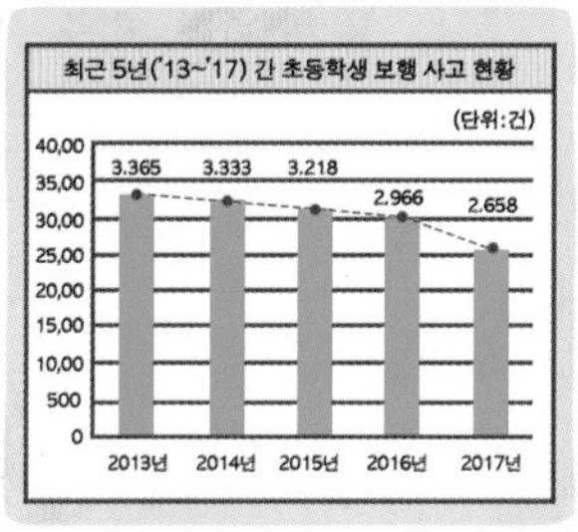

㉯
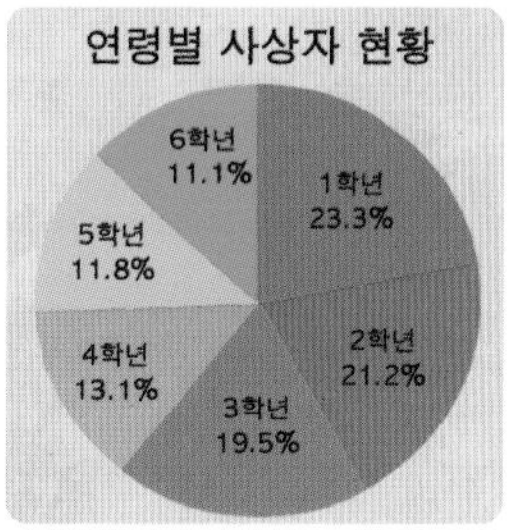

㉰

(1) ㉠: (　　　　　　　　)　　　　(2) ㉡: (　　　　　　　　)

3 빈칸에 들어갈 이 글의 제목을 쓰세요.

이해

4 초등학생 보행자 교통사고를 예방할 수 있는 방법을 알맞게 말한 친구는 누구입니까? (　　　)

문제해결

① 다미: 어린이 보호 구역으로만 다녀야 해.
② 소현: 초등학생만 교통안전에 더 신경 써야 해.
③ 보람: 부모님께 저학년 교통사고의 위험성을 알려야겠어.
④ 종석: 횡단보도에서는 건너기 전에 일단 멈춰 서서 살펴야지.
⑤ 기찬: 어린이 보호 구역이나 학교 앞에서는 운전하지 못하게 해야 해.

04 발표 자료 읽기

1주

★ 그림 도둑을 잡기 위한 발표 자료에 알맞은 사진을 골라 ○표 하세요.

주제 탐구

발표 자료는 시작하는 말과 설명하는 말, 끝맺는 말로 구성됩니다. 시작하는 말에는 발표하려는 주제나 제목, 듣는 사람의 주의를 집중시키는 내용이 있습니다. 설명하는 말에는 자료에 담긴 핵심 내용이 들어갑니다. 끝맺는 말에는 발표 내용을 간단히 정리하고 함께 생각할 점이 들어 있습니다.

1 다음 발표 자료 내용이 해당하는 부분을 보기에서 골라 쓰세요.

보기

설명하는 말 시작하는 말 끝맺는 말

(1) ○○미술관에서 도자기를 훔친 용의자를 공개 수배합니다.
( )

(2) 이 사람을 보신 분은 경찰청으로 연락해 주시기 바랍니다.
( )

(3) 범인은 남자이며, 각진 얼굴에 안경을 쓰고 있습니다. 긴 곱슬머리에 콧수염이 있습니다. 옷차림은 검은색 모자를 쓰고 흰색 티셔츠에 파란 조끼를 덧입었습니다.
( )

2 다음 내용이 발표 자료에서 활용한 자료를 확인할 때 주의할 점으로 맞으면 ○표, 틀리면 X표 하세요.

(1) 활용한 자료는 길고 자세한 것이 좋습니다. ☐

(2) 발표 주제와 어울리는 자료인지 살펴봅니다. ☐

(3) 활용한 자료는 항상 크게 확대하는 것이 좋습니다. ☐

(4) 활용한 자료를 가져온 곳이 어디인지 살펴봅니다. ☐

3 여러 사람 앞에서 발표할 때 주의할 점으로 알맞지 않은 것의 기호를 쓰세요. ( )

㉮ 준비한 자료를 차례에 맞게 보여 주면서 말한다.
㉯ 멀리까지 잘 들리도록 또박또박 큰 소리로 말한다.
㉰ 자료를 보여 줄 때는 집중할 수 있게 잠깐 보여 준다.

유형 1 발표 주제 찾기

발표 주제나 제목이 담겨 있는 시작하는 말에서 발표 주제를 찾습니다.

1 체육 **2모둠에서 발표할 주제는 무엇입니까? (　　　)**

안녕하세요? 저는 2모둠의 발표를 맡은 정하윤입니다. 저희 모둠은 우리나라를 대표하는 것에 대해 생각하면서 우리나라의 대표 무예인 '태권도의 유래와 역사'라는 주제에 대해서 발표를 준비했습니다.

무용총 「수박도」

우리 모둠이 준비한 자료는 태권도의 유래가 된 고대 부족 국가의 제천 행사 사진과 태권도 동작을 담은 동영상입니다.

① 태권도 동작
② 우리나라의 대표 무예
③ 태권도의 유래와 역사
④ 우리나라를 대표하는 것
⑤ 고대 부족 국가의 제천 행사

유형 2 발표 내용에 어울리는 자료 파악하기

발표 내용의 특징에 따라 내용을 잘 전달할 수 있는 자료를 파악합니다.

2 사회 **㉮~㉰ 중 발표 내용에 어울리지 않는 자료를 골라 기호를 쓰세요.**

발표 주제: 과학 기술의 나눔			
발표할 내용		자료 종류	출처
㉮ 자료 1	과학 기술로부터 소외받는 사람들의 현재 상황	지도, 표, 사진	인터넷 검색, 과학 기술 관련 인터넷 누리집
㉯ 자료 2	과학자들의 기술 나눔의 예(수동식 펌프, 개인용 정수기, 자전거 세탁기 등)	도표	백과사전
㉰ 자료 3	앞으로 개발될 분야별 과학 기술 나눔 계획	표	과학 기술 관련 인터넷 누리집

(　　　　　)

3 다음 자료를 설명하는 말로 맞으면 ○표, 틀리면 X표 하세요.

사회

자료	설명하는 말
	(1) 독도는 동도와 서도로 나뉘어 있습니다. (　　　) (2) 독도는 동해에 둘러싸여 있습니다. (　　　) (3) 독도에는 편리한 교통 시설이 잘 갖추어져 있습니다. (　　　)

유형 3 자료를 설명하는 말 정리하기

자료를 설명하는 말에서 자료에 담긴 핵심 내용을 파악합니다.

4 1모둠의 발표에 추가할 자료로 알맞지 않은 것은 무엇입니까? (　　　)

국어

여러분은 줄임 말을 얼마나 자주 사용하고 계신가요? 저희 1모둠에서는 '우리 반 친구들이 자주 사용하는 줄임 말'이라는 주제로 친구들의 줄임 말 사용 실태를 조사하였습니다. 다음 표를 봐 주십시오.

줄임 말	줄임 말의 뜻	사용하는 친구 수
안물안궁	안 물어봤음. 안 궁금함.	10명
버카충	버스 카드 충전	5명
따아	따뜻한 아메리카노	4명
ㅇㄱㄹㅇ	이거 레알(진짜)	10명
문상	문화 상품권	21명
낄끼빠빠	낄 때 끼고 빠질 때 빠진다.	16명

① 청소년의 언어 의식을 조사한 도표
② 우리말에서 사라진 낱말을 조사한 도표
③ 누리 소통망의 언어 문화를 담은 동영상
④ TV나 인터넷에서 쓰이는 줄임 말을 조사한 표
⑤ 일상생활에서 줄임 말을 쓰는 친구들을 담은 동영상

유형 4 발표 주제에 추가할 자료 고르기

발표 주제를 파악하고 발표 주제에 어울리는 추가 자료를 찾습니다.

 ★ 발표 자료의 흐름을 생각하며 읽어 보세요.

●**글의 종류** 설명문

●**글의 특징** 이 글은 우리나라 농작물 재배 지역의 변화에 대해 표와 지도로 설명한 발표 자료입니다.

●**중심 내용**
[시작하는 말] 지구 온난화가 가져올 우리나라 농작물 재배 지역의 변화라는 발표 주제를 밝힘.
[자료 1] 우리나라의 연평균 기온이 오르고 있다는 사실을 표로 설명함.
[자료 2] 주요 농산물의 재배 가능 지역이 달라진다는 사실을 주요 농작물 주산지 이동 지도로 설명함.
[끝맺는 말] 발표 내용을 정리하고 지구 온난화의 심각성에 대해 느낀 점을 밝힘.

●**낱말 풀이**
아열대 기후 열대와 온대 사이의 기후. 따뜻하고 습기 많은 여름과 온화한 겨울 날씨가 대표적임.
주산지 어떤 물건이 주로 생산되는 지역.

지문 ★★★
낱말 ★★☆

제목 지구 온난화의 영향

시작하는 말

안녕하세요? 우리 모둠은 '지구 온난화가 가져올 우리나라 농작물 재배 지역의 변화'에 대해 발표를 준비하였습니다. 우리 모둠이 준비한 자료는 표와 지도입니다. 자료를 보면서 발표를 시작하겠습니다.

자료 1

우리나라의 지역별 연평균 증감 기온

권역	증감 기온(℃)	권역	증감 기온(℃)	권역	증감 기온(℃)
제주권	1.14	충북권	0.83	경남권	0.57
수도권	0.91	전북권	0.63	전남권	0.54
강원권	0.90	경북권	0.63	충남권	0.34

(출처: 기상청 '우리나라의 지역별 연평균 증감 기온')

설명하는 말

㉠지구 온난화가 우리나라에 미치는 영향은 무엇일까요? 우리나라는 지구 온난화 때문에 연평균 기온이 크게 오르고 있습니다. 1973년~2017년 제주권은 1.1도로 가장 높게 올랐으며, 수도권과 강원권도 각각 0.91도, 0.90도 올라 전국 연평균 기온은 0.67도나 올랐습니다.

이런 흐름이 계속된다면 21세기 후반에는 강원도 산간을 제외한 남한 대부분의 지역이 아열대 기후로 바뀔 것이라고 합니다.

자료 2

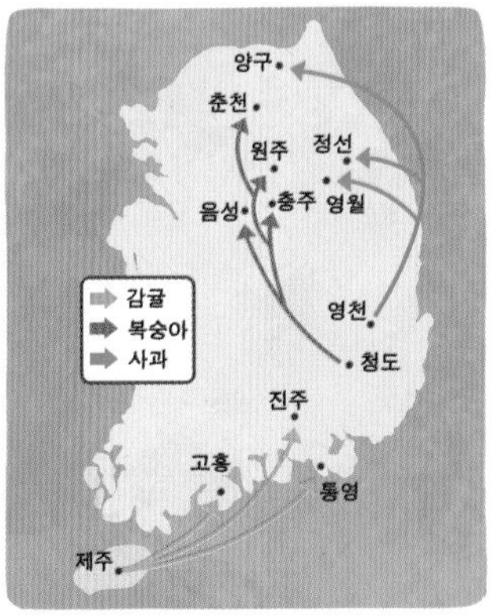

설명하는 말

다음으로 준비한 자료 '주요 농작물 주산지 이동 지도'를 보면서 발표를 이어 가겠습니다.

21세기 후반이 되면 우리나라 사람들이 좋아하는 사과와 복숭아는 재배 가능 지역이 점점 줄어들 전망입니다. 반면 아열대 기후에 적합한 감귤은 재배 가능 지역이 늘어납니다. 『조선왕조실록』에도 등장했던 '제주 감귤'은 앞으로 역사 속으로 사라지고 전국에서 감귤이 재배될 것입니다.

끝맺는 말

지금까지 '지구 온난화가 가져올 우리나라 농작물 재배 지역의 변화'에 대해 발표했습니다. 발표를 준비하면서 지구 온난화의 심각성에 대해 다시 한번 생각해 볼 수 있었습니다. 이상으로 발표를 마치겠습니다.

붙임 딱지 붙여요.

1 이해

이 모둠이 발표한 주제를 찾아 쓰세요.

---

2 이해

이 글에 대한 내용으로 알맞은 것을 두 가지 고르세요. (　　　　)

① 우리나라에서 감귤을 재배하는 곳은 사라질 것이다.
② 우리나라에서 복숭아를 더 활발하게 재배할 것이다.
③ 우리나라에서 사과를 재배하는 곳은 더 늘어날 것이다.
④ 우리나라의 연평균 기온이 오르는 것은 지구 온난화 때문이다.
⑤ 21세기 후반에는 우리나라 대부분이 아열대 기후로 바뀔 것이다.

3 추론

발표 모둠이 ㉠과 같이 표현한 까닭은 무엇입니까? (　　　　)

① 자료를 가져온 곳을 밝히려고
② 듣는 사람의 흥미를 끌게 하려고
③ 발표할 대상을 알려 주기 위해서
④ 발표를 준비하며 느낀 점을 알리려고
⑤ 자료에 담긴 핵심 내용을 알려 주려고

4 비판

이 발표를 듣고 난 친구들의 반응으로 알맞은 것의 기호를 쓰세요. (　　　　)

㉮ 미래에는 과일을 먹지 못하겠군!
㉯ 미래에는 수입 과일만 먹어야 할 거야.
㉰ 미래에는 사과보다 감귤이 더 흔해질 거야.
㉱ 미래에는 과일 대신 비타민으로 영양을 보충해야 해.

05 극본의 특성 알기

1주

★ 종이컵 인형을 만들어 장면과 표정에 알맞은 대사를 쓰세요.

① 종이컵 겉면에 왕자의 모습을 그리고 얼굴을 오려 내요.

② ①의 얼굴을 오려 낸 컵에 빈 종이컵을 겹쳐서 다양한 표정을 그려요.

③ 종이컵을 좌우로 돌려 가며 다양한 표정으로 역할놀이를 해요.

주제 탐구

극본은 무대 위에서 공연할 것을 생각해 대사를 중심으로 쓴 문학 작품입니다. 동화처럼 이야기를 다루지만 극본에서는 이야기를 대사, 지문, 해설로 나타냅니다. 이야기의 배경이나 장면은 해설로 나타내고, 대사와 지문으로 인물의 성격을 드러냅니다.

┌ • 때: 어느 날 오후
㉠ • 곳: 왕자의 방
└ • 나오는 사람들: 왕자, 거지

막이 열리면 왕자와 거지가 긴 식탁에 마주 보고 있다.

왕자: 자, 배고플 텐데 어서 먹거라.

거지: ㉡(허겁지겁 먹으며) 쩝쩝.

왕자: 네 이름이 무엇이냐?

거지: ㉢톰 캔티입니다.

왕자: 재미있는 이름이구나. 사는 곳은 어디냐?

거지: 런던 시내의 오펄 코트에 삽죠.

왕자: 오펄 코트? 그것도 재미있는 이름이구나. 부모님은 계시느냐?

거지: 네, 어머니는 저를 귀여워해 주시죠. 하지만 아버지는…….

왕자: 왜 그러느냐?

거지: (머뭇거리다가) 저를 자주 때리십니다.

왕자: (㉮) 뭐? 힘없는 아이를 때리다니 벌을 주어야겠구나!

거지: (㉯) 안 됩니다. 저희 아버지는 나쁜 사람이 아닙니다. 가난하게 살다 보니 삶이 힘들었을 뿐입니다.

마크 트웨인, 『왕자와 거지』

1 ㉠~㉢은 극본의 요소 중 무엇에 해당하는지 선으로 이으세요.

(1) ㉠ •	• ① 대사
(2) ㉡ •	• ② 지문
(3) ㉢ •	• ③ 해설

2 ㉮, ㉯에 들어갈 알맞은 말을 보기 에서 찾아 쓰세요.

보기

기쁜 표정으로　　손사래를 치며　　고개를 끄덕이며　　눈을 동그랗게 뜨고

(1) ㉮: (　　　　　　　　)　　(2) ㉯: (　　　　　　　　)

유형 1 해설의 역할 알기

해설은 때, 곳, 나오는 사람, 무대와 무대 바뀜 따위를 설명합니다. 극본의 구성 요소 중 해설의 역할을 파악하는 문제입니다.

1 이 글이 극본에서 하는 역할을 모두 골라 ○표 하세요.

국어

- 때: 어느 날 밤
- 곳: 동굴
- 나오는 사람들: 알라딘, 지니(램프의 요정)

동굴에 갇혀 울던 알라딘이 램프를 발견하고 소매로 조심스레 문지른다. 얼마 뒤 램프의 요정이 '펑' 하는 소리와 함께 나타난다.

(1) 무대 시작과 바뀜을 설명한다. ( )

(2) 인물의 마음을 직접 설명한다. ( )

(3) 때, 곳, 나오는 사람을 설명한다. ( )

(4) 인물의 표정이나 행동을 설명한다. ( )

유형 2 지문의 표현 특성 알기

인물의 행동이나 목소리, 표정을 지시하는 지문의 표현 특성을 파악하는 문제입니다.

제국익문사 고종이 황제 직속으로 만든 대한 제국의 비밀 정보 기관.

2 ㉠에 들어갈 내용으로 알맞은 것은 무엇입니까? ( )

사회

막이 열리면 김 내관과 설희가 탁자에 앉아 있고 안중근과 제국익문사의 사람들이 등장한다.

안중근: 김 내관님!

김 내관: 어서 오게! 여기는 명성 황후 마마의 마지막 궁녀 설희네.

안중근: (설희에게) 대한 제국 의병군 참모 중장 안중근입니다.

김 내관: 이 사람이 일본에서 직접 우리들에게 귀한 정보들을 보내 줄 것이네.

안중근: 하지만……. (설희를 잠시 바라보며) 여자의 몸으로 어찌 그 험한 일을 감당하겠습니까?

설희: (㉠) 남자든 여자든 목숨을 부지하는 것이 수치스러운 때입니다. 최선을 다해 필요한 정보를 보내겠습니다. 부디 큰 뜻을 이루십시오.

한아름, 뮤지컬 『영웅』, 제작: (주)에이콤

① 안타까운 말투로
② 작고 힘없는 말투로
③ 낮고 힘 있는 말투로
④ 높고 명랑한 목소리로
⑤ 간교하고 알랑거리는 목소리로

3 (나)는 (가)의 이야기를 바꾼 극본이에요. ㉠~㉢을 표현한 내용을 (나)에서 찾아 선으로 이으세요.

국어

(가) 어느 마을에 ㉠의좋은 형제가 살았다. ㉡보름달이 높이 뜬 가을밤 형제는 논에 똑같이 쌓인 볏단을 바라보며 서로를 걱정하기 시작했다.

"아우가 일을 더 많이 했고, 곧 장가를 가야 하는데 밑천을 마련해 두어야지! 내가 볏단을 더 준다고 하면 아우가 사양할 테니 이 방법밖에 없군!"

㉢"형님이 나보다 가족도 많은데 볏단을 똑같이 나누는 것은 공평하지 않아. 내가 더 드린다고 하면 형이 사양하실 테니 내 볏단을 가져다 놓아야겠다."

형제는 약속이나 한 듯 지게에 볏단을 싣고 서로의 논으로 향했다.

(나)

- 때: 보름달이 뜬 가을밤
- 곳: 어느 마을의 추수를 끝낸 논
- 나오는 사람들: 형, 아우

막이 열리면 형과 아우의 논에 각각 볏단이 높이 쌓여 있다.

형: 아우 덕분에 풍년이군! 아우는 곧 장가를 가야 하니 밑천이 필요할 텐데……. (생각에 잠긴 표정으로) 그럼 이 방법밖에 없군!

아우: (걱정하는 표정으로) 형님이 나보다 가족이 많은데, 볏단을 똑같이 나누는 건 공평하지 않아. 내 볏단을 가져다 놓아야겠어.

(1) ㉠ •	• ① 아우: 형님이 나보다 가족이 많은데, 볏단을 똑같이 나누는 건 공평하지 않아. 내 볏단을 가져다 놓아야겠어.
(2) ㉡ •	• ② 때: 보름달이 뜬 가을밤
(3) ㉢ •	• ③ 나오는 사람들: 형, 아우

유형 3 이야기와 극본의 특성 비교하기

이야기는 인물의 말과 행동으로, 극본은 대사와 지문으로 인물의 성격을 나타냅니다. 이와 같은 이야기와 극본의 특성을 확인하는 문제입니다.

밑천 어떤 일을 하는 데 바탕이 되는 돈이나 물건, 기술, 재주 따위를 이름.

● 글의 종류 극본

● 글의 특징 이 글은 회오리 바람에 휩쓸려 오즈의 나라에 오게 된 도로시가 다시 집으로 돌아가기 위해 펼치는 모험 이야기를 담은 극본의 일부입니다. 주어진 내용은 도로시가 집으로 돌아가려고 오즈가 사는 에메랄드시로 떠나는데, 그 길에서 허수아비를 만나는 장면입니다.

[앞 이야기] 캔자스의 시골 마을에 사는 도로시는 어느 날 갑자기 불어닥친 회오리 바람에 휩쓸려 강아지 토토와 함께 오즈의 나라로 오게 된다.

- 때: 어느 맑은 날 오후
- 곳: 오즈의 뜰
- 나오는 사람들: (㉠)

막이 열리면 꽃들이 피어 있는 오즈의 뜰에 도로시가 토토를 안고 주위를 두리번거리고 있다.

도로시: 여기가 어딜까? (토토를 다독이며) 괜찮아, 토토. 걱정하지 마!

글린다: (무대로 걸어나오며) 동쪽의 나쁜 마녀를 없앤 게 바로 너로구나. 나를 비롯한 오즈 사람들이 모두 고마워하고 있어. 곧 너를 위해 축제가 벌어질 거야. (손으로 이마를 치며) 아차차, 소개가 늦었네. 난 착한 마녀 글린다라고 해.

도로시: 전 도로시예요. 오즈 사람들에게는 잘된 일이지만 (슬픈 표정을 지으며) 전 숙모가 계신 집으로 다시 돌아가고 싶어요. 흑흑…….

글린다: 그만 울음을 그치렴. 위대한 마법사 오즈라면 널 도와줄 거야. 이 노란 벽돌 길을 따라가면 오즈가 사는 에메랄드시에 갈 수 있어. 이 루비 신발을 신고 가면 안전할 거야.

도로시: (㉡) 글린다, 정말 고마워요!

조명이 어두워지고 막이 닫힌다. 막이 다시 열리면 노란 벽돌 길을 배경으로 도로시가 토토와 함께 걷고 있다.

허수아비: (손을 흔들며) 안녕, 친구! 어디 가는 길이니?

도로시: 나는 위대한 마법사 오즈를 만나러 에메랄드시에 가는 길이야.

허수아비: 오즈가 누군데?

도로시: 어머나! 넌 여기 계속 살았는데 오즈가 누군지 모르니?

허수아비: (㉢) 난 뇌가 없어서 누가 말을 해도 기억할 수가 없어. 나도 뇌가 있으면 좋을 텐데…….

도로시: (불쌍한 표정으로) 그렇구나. 그럼 너도 오즈에게 가서 뇌를 달라고 부탁해 보렴.

허수아비: ㉣정말? 오즈의 마법사가 나에게 뇌를 줄 수 있을까?

라이먼 프랭크 바움, 『오즈의 마법사』

지문 ★☆☆
낱말 ★☆☆

붙임 딱지 붙여요.

1 이해

이 글의 특징으로 알맞은 것은 무엇입니까? (　　　　)

① 무대에서 연극을 공연하려고 쓴 글이다.
② 다양한 형식으로 생각이나 느낌을 쓴 글이다.
③ 하루 동안 있었던 일을 있는 그대로 쓴 글이다.
④ 역사적 사실을 바탕으로 실제 있었던 일을 쓴 글이다.
⑤ 사물이나 어떤 일에 대한 생각이나 느낌을 표현한 글이다.

2 이해

㉠에 들어갈 인물은 누구입니까? (　　　　)

① 숙모, 도로시, 글린다
② 도로시, 글린다, 오즈
③ 도로시, 허수아비, 오즈
④ 도로시, 허수아비, 오즈
⑤ 도로시, 글린다, 허수아비

3 추론

㉡, ㉢에 들어갈 알맞은 말은 무엇입니까? (　　　　)

	㉡	㉢
①	슬픈 목소리로	큰 목소리로
②	힘없는 목소리로	쾌활한 목소리로
③	크고 화난 말투로	낮고 조용한 말투로
④	높고 기쁜 목소리로	낮고 슬픈 목소리로
⑤	즐겁고 행복한 말투로	위로하는 마음이 담긴 말투로

4 추론

㉣을 알맞게 표현하는 방법을 말한 친구에 ○표 하세요.

(1) 손을 높이 쳐들고 화가 난 목소리로 빠르게 말해야 해.

(2) 어깨를 들썩거리면서 울먹이는 말투로 느리게 말해야 해.

(3) 한 걸음 앞으로 나오며 기대감에 차서 들뜬 목소리로 말해야 해.

바른 문장 표현

문장에서 앞에 어떤 말이 나오면 뒤에 어울리는 말이 따라나오는 것을 '호응'이라고 해요. 만약 문장에서 호응이 제대로 이루어지지 않으면 어색한 느낌을 주어요. 또 글을 읽는 사람이 뜻을 제대로 이해할 수 없지요. 그래서 문장을 읽거나 쓸 때에는 호응 관계가 적절한지 잘 살펴야 해요.

바른 문장 표현

- '무엇이'나 '어떠하다/어찌하다'와 같은 말들이 빠지면 문장의 뜻을 정확히 전할 수 없어요.
  예 이 가게는 음식 맛이 좋고 친절하다. (×)
  → 이 가게는 음식 맛이 좋고 사장님이 친절하다. (○)
- 같은 뜻을 나타내는 말은 겹쳐 쓰지 말아야 해요.
  예 약수물(×) → 약수(○) / 옥상 위(×) → 옥상(○) / 역전 앞(×) → 역 앞(○)
- 우리말에는 짝을 이루어 함께 쓰이는 말이 있어요.
  왜냐하면 ~때문이다. 예 길가에 있는 나무가 쓰러졌다. 왜냐하면 태풍이 휘몰아쳤기 때문이다.
  결코 ~지 않겠다. 예 나는 힘든 일이 있어도 결코 물러서지 않겠다.
  별로 ~지 않다. 예 내 동생은 버섯을 별로 좋아하지 않는다.

1 **다음 문장에서 밑줄 친 부분을 살펴보고 바르게 고쳐 쓰세요.**

(1) 준호는 신이 나서 노래와 춤을 추었다.

➡ 준호는 신이 나서 (   ).

(2) 옥상 위에 이불 빨래를 널었다.

➡ (   ) 이불 빨래를 널었다.

2 **문장의 호응을 생각하여 빈칸에 들어갈 알맞은 말에 ○표 하세요.**

(1) 그 일은 결코 우연이 (**아니었다 / 맞았다**).

(2) 그 물건은 값이 비싸서 별로 마음에 (**든다 / 들지 않는다**).

(3) 나는 지각을 했다. (**모름지기 / 왜냐하면**) 늦잠을 잤기 때문이다.

이번 주 나의 독해력은?	
	이번 주 학습을 모두 끝마쳤나요?
	인물, 사건, 배경의 관계를 알 수 있나요?
	자료의 특성을 비교하며 발표 자료를 읽을 수 있나요?

정답 1. (1) 노래를 부르고 춤을 추었다 (2) 옥상에 2. (1) 아니었다 (2) 들지 않는다 (3) 왜냐하면

PART 2

추론 독해

글에 숨겨진 정보를 짐작해 보고 생략된 내용이나 숨겨진 주제,
글을 쓴 목적을 찾아보며 읽어요.
그리고 글에 드러난 관점이나 글쓴이의 주장과 근거,
표현 방법 등을 비판하며 읽는 방법도 배워요.

contents

06 이야기의 구조 이해하기

2주

★ 다음 「삼년 고개」를 읽고 빈칸에 재미있거나 긴장되는 정도를 색칠해 보세요.

(1) 옛날 어느 마을에 넘어지면 삼 년밖에 못 산다는 삼년 고개가 있었어요.

○○○○○

(2) 한 할아버지가 나무를 팔러 삼년 고개를 넘어가다가 넘어졌어요.

○○○○○

(3) 할아버지는 삼 년밖에 못 산다고 생각하여 자리에 눕고 말았어요.

○○○○○

(4) 넘어진 지 삼 년이 다 되어 가던 어느 날, 한 청년이 찾아왔어요. 그리고 할아버지에게 한 번 더 넘어질 때마다 삼 년씩 더 살 수 있다고 알려 주었어요.

○○○○○

(5) 할아버지는 청년이 알려 준 방법대로 삼년 고개에 가서 다시 여러 번 넘어졌어요.

○○○○○

(6) 건강을 되찾은 할아버지는 그 뒤로 행복하게 오래오래 살았어요.

○○○○○

주제 탐구

이야기는 '발단–전개–절정–결말'의 구조를 가지고 있습니다. 발단에서 이야기의 사건이 시작되며, 전개 부분에서 사건이 본격적으로 발생하고 갈등이 일어납니다. 절정에서 사건 속 갈등이 커지면서 긴장감이 가장 높아지고, 결말에서 사건이 해결됩니다.

1 이야기의 구조에 알맞은 낱말을 보기에서 찾아 쓰세요.

보기

전개 발단 결말 절정

(1) 이야기에서 사건이 시작되는 부분을 ☐☐(이)라고 합니다.

(2) 이야기에서 사건이 해결되는 부분을 ☐☐(이)라고 합니다.

(3) 이야기에서 사건이 본격적으로 발생하고 갈등이 일어나는 부분은 ☐☐(이)라고 합니다.

(4) 이야기에서 사건 속 갈등이 커지면서 긴장감이 가장 높아지는 부분을 ☐☐(이)라고 합니다.

2 왼쪽에서 「삼년 고개」 이야기의 구조를 살펴보고 빈칸에 알맞은 번호를 쓰세요.

(가) 발단	번호 (,)
↓	
(나) 전개	번호 (,)
↓	
(다) 절정	번호 ( )
↓	
(라) 결말	번호 ( )

유형 1 이야기의 구조 중 결말 파악하기

발단, 전개, 절정, 결말의 이야기 구조 중 어느 부분에 해당하는지 파악하는 문제입니다.

닦달하자 남을 단단히 윽박질러서 혼을 내자.
환심 기뻐하고 즐거워하는 마음.
궁리 마음속으로 이리저리 따져 깊이 생각함.

1 국어 **(가)~(라) 중 이야기에서 긴장감이 풀리면서 사건이 해결되는 부분을 골라 기호를 쓰세요. (　　　)**

(가) 옛날 동해 용왕이 병에 걸렸는데 어떤 약을 먹어도 낫지 않았다. 그때 세 명의 도사가 나타나 '토끼의 간'이 약이 된다고 알려 주었다.

"내 병을 고칠 약은 육지에 사는 토끼의 간뿐이라고 하니 누가 토끼의 간을 가져오겠느냐?"

용왕이 신하들을 닦달하자 누구 하나 나서는 사람이 없었다. 이때, 별주부 벼슬을 하던 자라가 육지로 가겠다고 나섰다.

(나) 육지에 도착한 자라는 황소에게 물어 토끼가 있는 곳을 어렵게 알아냈다.

"토끼님, 용궁 사람들이 어여쁜 토끼를 존경하여 보고 싶어 하니 저와 함께 용궁에 가시는 게 어떨까요?"

"그 말을 어떻게 믿으라는 건가요?"

의심이 많은 토끼는 자라의 말을 믿지 않았다. 그러다가 자라가 토끼의 환심을 사는 이야기들을 늘어놓자 마음이 달라졌다.

'그래, 매일 산속에서 쫓기는 두려움에 떠느니 한번 가 볼까?'

자라에 말에 속은 토끼는 자라의 등에 올라타고 용궁으로 떠났다.

(다) 용궁에 도착한 토끼는 도착하자마자 용왕 앞에 묶여서 간을 빼앗길 위기에 처했다.

'어떡하지? 호랑이에게 물려 가도 정신만 차리면 산다고 했어. 일단 용왕을 안심시킨 다음 용궁을 탈출할 방법을 찾아보자.'

토끼는 궁리를 하다가 마침내 용왕 앞에 나섰다.

"용왕님, 제 간을 지금이라도 드리고 싶지만 제 간이 이렇게 귀한 데 쓰일지 모르고 육지에 두고 왔지 뭡니까?"

"정말이냐? 그럼 어서 가져오거라, 내 그걸 못 기다리겠느냐?"

어리석은 용왕은 토끼의 말을 그대로 믿었다. 그리고 자라에게 다시 토끼와 함께 육지로 가서 토끼의 간을 가져오라고 명령했다.

(라) 육지에 도착한 토끼는 땅에 내려서자마자 자라를 비웃으며 말했다.

"어리석은 자라야, 세상 어디에 간을 몸 밖에 두고 다니는 멍청이가 있더냐?"

자라는 그제야 자신이 속은 것을 알았지만 깡충깡충 뛰어 도망가는 토끼의 뒷모습을 지켜볼 수밖에 없었다.

2 이 이야기에서 가장 나중에 일어난 사건은 무엇입니까? (   )

국어

(가) 황해도의 어느 시골 마을에 땅의 그림을 그리는 소년이 있었어.
'아, 이 산은 저 산으로 이어지고 이 땅은 어디로 이어진 걸까?'
이 땅의 끝을 그리고 싶은 소년의 이름은 '김정호'였어.

(나) 김정호는 더 큰 세상을 그리고 싶어 고향을 떠나 한양으로 올라왔어. 그리고 규장각 책을 보며 우리 땅을 연구했지.

"우리 땅은 하나인데 지도책마다 왜 이리 다를까?"

"사람마다 땅을 보는 방법이 달라서 그럴 걸세. 우리 땅을 제대로 알아야 나라도 지키고 나랏돈도 아낄 수 있을 텐데 말이야!"

최한기의 말에 김정호의 눈이 번쩍 뜨였어. 지도책을 보고 또 보았어. 전국을 동일한 간격으로 나누어 모눈 안에 정확히 그려 넣었지.
김정호는 이렇게 『청구도』라는 첫 번째 지도를 완성했어.

(다) 친구들은 이 지도를 보고 감탄했지만 김정호는 만족하지 않았어.

"흐음, 백성들이 좀 더 편리하게 쓸 수 있는 지도는 없을까?"

당시 조선은 상공업이 발달해서 물건을 싣고 갈 길에 대한 정확한 지도, 가지고 다니기 쉬운 지도를 바라는 사람들이 점점 늘어났어. 김정호는 사람들이 편리하게 쓸 수 있는 지도를 만들기로 했어.

(라) 김정호는 우리나라의 땅을 22개 층으로 나누어 22개의 지도책을 만들었어. 그리고 항목과 기호를 넣은 지도표를 만들어 누구나 쉽게 지도를 볼 수 있게 했지.

"무엇보다 『대동여지도』는 사람을 이롭게 하는 지도여야 해! 더 많은 사람이 볼 수 있도록 나무판에 새겨 넣자!"

마침내 김정호는 한반도가 한눈에 쏙 들어오는 완벽한 지도인 『대동여지도』를 완성했어.

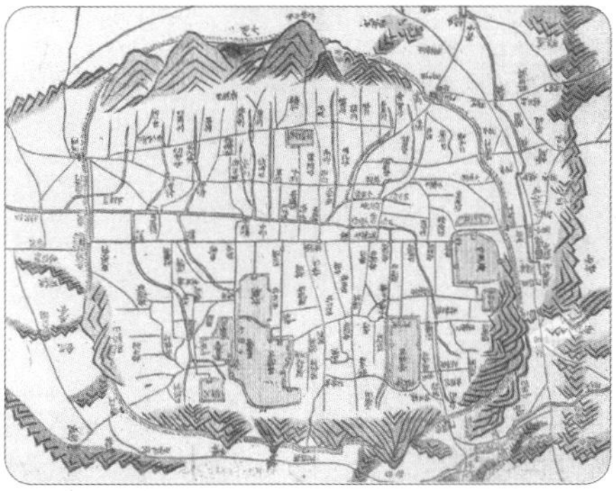
『대동여지도』

① 김정호는 규장각 책을 보며 『청구도』를 완성했다.
② 김정호는 고향을 떠나 한양으로 와서 우리 땅을 연구했다.
③ 김정호는 한반도가 한눈에 들어오는 『대동여지도』를 완성했다.
④ 김정호는 사람들이 편리하게 쓸 수 있는 지도를 만들기로 했다.
⑤ 김정호는 황해도의 어느 시골 마을에 땅의 그림을 그리며 살았다.

유형 2 이야기 속 사건의 흐름 알기

이야기 속 전체적인 사건의 흐름을 살펴보고 가장 마지막에 일어난 사건을 파악합니다.

규장각 조선 정조 때 만든 왕실 도서관.

● **글의 종류** 이야기(동화)

● **글의 특징** 이 글은 오성과 한음이 최 서방의 억울한 사연을 지혜로 해결해 준 이야기입니다.

● **낱말 풀이**
곤장 죄인의 엉덩이를 치던 기구.
자제 남을 높여 그의 아들을 이르는 말.

(가) 옛날 어느 마을에 오성과 한음이 살았다. 둘은 나이는 어렸지만 총명해서 어려운 일을 해결해 달라고 찾아오는 사람이 많았다.

(나) 어느 날 한음이 외가에서 오성과 놀고 있을 때 한 사람이 찾아왔다.

"저는 아랫마을에 사는 최 서방입니다. 며칠 전 소인의 아내가 소변이 급해서 이 대감네 밭에 소변을 보았답니다. 이 대감이 그 모습을 보고 곤장을 맞아야 하나 한집에 사는 정을 보아 저희 집 암소를 바치라고 하더랍니다. 아내는 무서워서 그러겠다고 했고, 오늘 이 대감이 소를 가져갔습니다. 부디 제 소를 되찾아 주십시오."

(다) 한음은 오성에게 이 대감이 대대로 벼슬을 했고 고을 사또의 친척이어서 마을 사람들이 꼼짝 못 한다는 이야기를 들려주었다.

"음, 자신의 지위를 이용해 백성의 소를 빼앗고 위협한 것이로군!"

"맞아, 우리가 혼쭐을 내 주고 소를 되찾아 주세!"

최 서방이 돌아가고 나서 오성과 한음은 며칠 동안 머리를 맞대고 궁리를 하였다.

(라) 며칠 뒤, 오성과 한음은 이 대감댁 집 앞에서 티격태격하며 싸우는 척을 했다.

"보아 하니 양반집 자제들인데 무슨 일로 싸우고 있느냐?"

이 대감이 오성과 한음을 불러 묻자 오성이 분하다는 듯 말했다.

"저희는 둘도 없는 친구인데, 놀다가 제가 소변이 급해서 저 밭에 소변을 보았습니다. 그랬더니 저 녀석이 억울한 소리를 하지 뭡니까?"

"무슨 억울한 소리를 했느냐?"

"이 동네에 사는 최 서방네 아내가 양반집 밭에 소변을 보았다가 소를 바쳤습니다. 그래서 제가 '우리 집 밭에 소변을 누었으니 무엇을 바치겠느냐'고 하였더니 저렇게 화를 내지 뭡니까?"

하고 한음이 대신 대답했다.

"화가 날 밖에요. 볼일이 급해서 남의 밭에 소변을 본 것이 무슨 죄가 됩니까? 저 녀석은 그 일을 핑계 삼아 재물을 뜯어낼 궁리를 하는 것입니다. 저도 억울해서 숙부님께 여쭈어 볼 생각입니다."

"네 숙부가 누구시더냐?"

"암행어사입니다."

(마) ㉠이 대감은 이 말을 듣고 뜨끔해서 오성과 한음에게 맛있는 음식을 가득 차린 상을 내주었다. 그리고 최 서방을 불러 소를 돌려주었다.

지문 ★★☆

낱말 ★☆☆

1 최 서방이 오성과 한음에게 부탁한 일은 무엇입니까? (　　　)

이해

① 아내를 구해 달라는 것
② 이 대감을 혼내 달라는 것
③ 빼앗긴 소를 되찾아 달라는 것
④ 빼앗긴 밭을 되찾아 달라는 것
⑤ 이 대감으로부터 지켜 달라는 것

붙임 딱지 붙여요.

2 오성과 한음이 최 서방의 일을 해결한 차례에 맞게 숫자를 쓰세요.

구조

(1) 오성과 한음이 최 서방을 만났다. (　　　)
(2) 이 대감댁 집 앞에서 싸우는 척했다. (　　　)
(3) 이 대감을 혼내 줄 방법을 궁리했다. (　　　)
(4) 최 서방네 아내가 겪은 일을 빗대어 이 대감을 깨우쳐 주었다. (　　　)

3 ㈑에 대한 설명으로 알맞은 것은 무엇입니까? (　　　)

추론

① 이야기의 사건이 시작되었다.
② 갈등이 풀리고 사건이 해결되었다.
③ 오성과 한음이라는 인물을 소개했다.
④ 사건이 본격적으로 발생하고 갈등이 일어난다.
⑤ 사건 속의 갈등이 커지고 긴장감이 가장 높아진다.

4 이 대감이 ㉠과 같은 행동을 한 까닭을 잘못 말한 친구에 ○표 하세요.

추론

(1) 오성이 암행어사인 숙부에게 고해 바칠까 봐 두려웠기 때문이야.

(2) 오성과 한음의 이야기를 듣고 자신의 행동을 부끄럽게 여겼기 때문이야.

(3) 오성과 한음이 양반집 아이들이라서 대접하려고 그랬을 거야.

07

2주

이야기의 구조를 생각하며 작품 읽기

★ 동물 친구들의 말에 해당하는 문단을 찾아 빈칸에 문단의 첫 낱말을 쓰세요.

옛날에 토끼와 거북이가 살았다. 어느 날 토끼는 거북이가 엉금엉금 걷는 모습을 보고 느림보라고 놀렸다. 화가 난 거북이는 토끼에게 산꼭대기까지 달리기 경주를 하자고 제안했다.

토끼와 거북이는 동시에 출발했다. 토끼는 깡충깡충 뛰어 산 중턱까지 한달음에 올라갔고 거북이가 그 뒤를 따랐다.

토끼가 거북이를 한참 앞서자 안심하고 나무 그늘에서 쿨쿨 낮잠을 잤다. 하지만 거북이는 쉬지 않고 산꼭대기로 올라갔다.

거북이는 잠을 자는 토끼를 지나 마침내 산꼭대기에 도착했다. 뒤늦게 잠에서 깬 토끼는 산꼭대기에 다다른 거북이를 발견하고 깜짝 놀랐다.

토끼는 산 중턱부터 거북이를 쫓아 허겁지겁 뛰어갔다. 그러나 토끼가 산꼭대기에 도착했을 때는 이미 거북이가 승리한 뒤였다.

주제 탐구

한 편의 글을 읽고 이야기의 구조에 따라 중요한 사건을 정리하면 이야기의 내용을 쉽게 파악할 수 있습니다. 먼저 이야기의 구조를 생각하며 각 부분에서 중요한 사건을 찾고, 이야기의 흐름에서 중요하지 않은 내용은 삭제하거나 간단히 씁니다. 중요한 사건이 일어난 원인과 결과를 찾고, 관련 있는 사건은 하나로 묶어서 파악합니다.

1 다음은 「토끼와 거북이」의 구조예요. 각 구조의 중요한 내용에 ○표 하세요.

(1) 이야기가 시작되는 부분

① 옛날에 토끼와 거북이가 살았다. ( )
② 화가 난 거북이는 토끼에게 산꼭대기까지 달리기 경주를 하자고 제안했다. ( )

(2) 사건이 본격적으로 발생하는 부분

① 토끼는 산 중턱까지 한달음에 올라갔고 거북이가 그 뒤를 따랐다. ( )
② 토끼가 거북이를 한참 앞서자 나무 그늘에서 낮잠을 잤지만 거북이는 쉬지 않고 산꼭대기로 올라갔다. ( )

(3) 사건의 긴장감이 가장 높은 부분

① 거북이는 잠을 자는 토끼를 지나 마침내 산꼭대기에 도착했다. ( )
② 뒤늦게 잠에서 깬 토끼는 산꼭대기에 다다른 거북이를 발견하고 깜짝 놀랐다. ( )

(4) 사건이 해결되는 부분

① 토끼는 산 중턱부터 거북이를 좇아 허겁지겁 뛰어갔다. ( )
② 그러나 토끼가 산꼭대기에 도착했을 때는 이미 거북이가 승리한 뒤였다. ( )

2 다음은 〈문제 1번〉에서 파악한 중요한 내용을 정리한 것이에요. 빈칸에 알맞은 낱말을 보기 에서 골라 쓰세요.

보기

깜짝 놀랐다 산꼭대기 낮잠 승리한

토끼와 거북이가 ( )까지 달리기 경주를 하기로 했다. 토끼는 거북이를 한참 앞서자 안심하고 ( )을/를 잤다. 뒤늦게 잠에서 깬 토끼는 산꼭대기 근처에 다다른 거북을 보고 ( ). 토끼는 거북이를 좇아 뛰었지만, 산꼭대기에 먼저 도착한 거북이가 ( ) 뒤였다.

유형 1 이야기의 구조 중 절정 부분에서 일어난 일 찾기
발단, 전개, 절정, 결말의 이야기 구조에서 절정 부분에서 일어난 일을 파악하는 문제입니다.

정화수 이른 새벽에 길은 우물물.
유생 유교의 학문을 공부하는 선비.
문방사우 종이, 붓, 먹, 벼루의 네 가지 문방구.
괴나리봇짐 걸어서 먼 길을 떠날 때에 보자기에 싸서 어깨에 메는 작은 짐.

1 국어

이 이야기의 '절정' 부분에서 일어난 일은 무엇입니까? (　　　)

(가) 옛날 어느 부잣집에 자식이 없어 걱정하는 부부가 있었어요. 부부는 날마다 정화수를 떠 놓고 하늘에 빌고 또 빌었어요.

"저희에게 아이를 주시면 그 은혜는 평생 잊지 않겠습니다."

(나) 그 뒤 부부는 아들을 얻었는데 웬일인지 작고 허약했어요.

"휴, 큰일이군! 저 몸으로는 멀고 먼 한양까지 갈 수 없을 뿐더러 길고 긴 과거 시험도 볼 수 없으니 이를 어쩐담!"

그때부터 부부는 전국을 돌면서 용하다는 의원과 무당을 찾았어요.

(다) 그러던 중 어느 고을에 신통한 능력을 가진 도인이 있다는 소식을 듣고 한달음에 달려갔지요. 도인은 부부의 집을 한 바퀴 휙 돌아보더니 혀를 차며 말했어요.

"쯧쯧, 집터가 문제로군! 이 집터를 둘러싼 돌담이 아들의 기운을 누르고 있어. 내일부터 돌담을 헐어서 그 돌을 저 과거 보러 가는 고갯길 책바위 뒤에 쌓아 두고 기도를 올리면 좋은 일이 있을 것이네."

(라) 부부는 도인의 말대로 담을 허물어 책바위에 돌을 나르고 기도를 드렸더니 정말 아들이 건강해졌어요. 게다가 아들은 책을 보는 대로 외워 어려운 글귀도 줄줄 읊었어요.

"아버지, 어머니! 이제 성균관 유생도 부럽지 않은 실력을 갖추었으니 한양으로 가서 장원 급제해서 돌아오겠습니다."

아들은 옷가지와 문방사우가 든 괴나리봇짐을 메고 집을 나섰어요.

(마) 그리고 여러 날이 지났어요. 한 달이 지나도 아들이 돌아오지 않자 부부는 애가 탔어요.

(바) 그러던 어느 날, 한양에서 늠름하고 잘생긴 수령이 마을에 왔어요. 장원 급제한 부부의 아들이었지요. 환영하는 마을 사람들 사이에서 부부는 하염없이 눈물을 흘렸어요.

① 아들이 돌아오지 않자 부부는 애가 탔다.
② 부부는 아들을 얻었지만 아들이 작고 허약했다.
③ 건강해진 아들은 과거를 보러 한양으로 떠났다.
④ 부부는 정화수를 떠 놓고 자식을 달라고 하늘에 기도했다.
⑤ 부부는 담을 허물어 책바위에 그 돌을 쌓아 두고 기도를 올렸다.

2 이 이야기에서 보기 의 내용이 들어가야 할 곳에 ○표 하세요.

국어

(가) 리어왕에게는 세 딸이 있었다. 리어왕은 나이가 들자 나라를 물려준 뒤 쉬려고 세 딸을 불러 모았다.

"내가 나이가 들어 왕위를 너희에게 물려주려고 한다. 너희들이 이 애비를 얼마나 사랑하는지를 들어 보고 땅을 나누어 주겠다."

그러자 첫째 딸 고너릴과 둘째 딸 리건은 경쟁을 하듯 말했다.

"저는 아버지를 하늘만큼 땅만큼 사랑해요."

"아버지, 저는 언니보다 천 배 만 배 아버지를 사랑하는걸요."

리어왕은 뛸 듯이 기뻐하며 두 딸에게 셋으로 나눈 땅을 하나씩 나누어 주었다.

(나) 그런데 셋째 딸 코델리아는 망설이다가 겨우 입을 뗐다.

"저, 저는 그저 자식으로서 효성을 다할 뿐이에요."

리어왕은 자신이 그토록 사랑하던 막내딸의 무덤덤한 반응에 실망하였다. 리어왕은 코델리아의 몫이었던 땅을 언니들에게 나누어 주었다. 그리고 코델리아를 내쫓듯이 프랑스 왕에게 시집보내고, 이것을 반대한 신하 켄트도 추방해 버렸다.

(다) 코델리아는 오갈 데가 없어 광야에서 헤매는 리어왕의 소식을 듣고 눈물을 흘렸다.

"흑흑, 아버지께서 이렇게 불쌍한 신세가 되시다니!"

코델리아는 남편에게 부탁해 프랑스 군대를 일으키고 영국으로 건너와 영국군과 싸웠다. 그런데 이 싸움에 져서 영국군의 포로가 되어 감옥에 갇히는 신세가 되었다. 그곳에서 코델리아는 볼품없이 초라해진 리어왕을 만났다.

"아버지!"

"코델리아!"

윌리엄 셰익스피어, 『리어왕』

보기

리어왕에게 땅을 물려받은 고너릴과 리건은 리어왕을 서로 모시지 않으려고 미루다가 결국 리어왕을 광야로 쫓아냈다.

(1) (나)의 앞 (　　　　)　　　　(2) (다)의 앞 (　　　　)

유형 2 이야기 속 사건의 흐름 파악하기

이야기 속 사건의 원인을 찾아 사건의 흐름을 파악하는 문제입니다.

추방해 일정한 지역이나 조직 밖으로 쫓아내.
광야 텅 비고 아득히 넓은 들을 뜻함.

●**글의 종류** 이야기(소설)

●**글의 특징** 이 글은 오 헨리가 쓴 「크리스마스 선물」의 일부로, 자신의 소중한 것을 팔아 서로에게 줄 크리스마스 선물을 산 가난한 부부가 서로의 사랑을 확인하는 이야기입니다.

●**낱말 풀이**
수척하고 몸이 몹시 야위고 마른 듯하고.
시선 눈이 가는 길. 또는 눈의 방향.
하염없이 시름에 싸여 멍하니 이렇다 할 만한 아무 생각이 없이.

지문 ★★☆

낱말 ★★☆

[앞 이야기] 가난하지만 사랑이 넘치는 부부 짐과 델라는 짐이 할아버지께 물려받은 시계와 델라의 긴 갈색 머리가 자랑거리였다. 델라는 크리스마스가 다가오자 머리카락을 팔아 남편 짐의 선물을 샀다.

문이 열리자 짐은 부쩍 수척하고 굳은 표정으로 들어왔다. 외투는 매우 낡았고 장갑도 없었다. 짐은 델라를 발견하고 우뚝 멈춰 섰다.

그의 시선이 델라의 머리카락에 머물렀다. 짐은 헤아릴 수 없이 복잡한 감정을 느꼈다. 그것은 노여움도, 놀라움도, 불만도, 두려움도 아니었다. 짐이 계속 물끄러미 바라보자 델라가 소리쳤다.

"여보, 왜 그렇게 봐요? 나 당신에게 크리스마스 선물을 주려고 머리카락을 잘랐어요. 머리카락은 금방 자랄 테니 걱정하지 말아요."

"머리카락을 잘랐다고요?"

짐이 머리카락을 찾으려는 듯 두리번거리자 델라가 큰 소리로 말했다.

"찾지 말아요. 팔아 버렸다니까요. 크리스마스니까 화내지 말아요. 머리카락은 셀 수 있지만 당신을 위한 내 마음은 헤아릴 수 없어요."

짐은 델라를 꼭 안아 주고 외투 주머니에서 꺼낸 꾸러미를 내려놓았다.

"델라, 오해하지 말아요. 당신이 머리카락을 잘랐든, 면도를 했든, 당신을 향한 내 마음도 변함이 없을 거예요."

델라는 하얀 손으로 포장지를 재빨리 풀어 보았다. 그녀는 놀라움과 기쁨으로 가슴이 벅차올랐다. 그리고 뺨에는 하염없이 눈물이 흘러내렸다.

델라의 손에는 머리빗이 들려 있었다. 오래전부터 브로드웨이에 있는 가게 진열장에서 보고 갖고 싶어 했던 것이다. 진짜 거북의 껍데기에 보석을 박은 진귀한 빗으로 델라의 머리카락과 꼭 어울리는 빛깔이었다. 마침내 그 빗을 갖게 되었지만 그 빗을 빛나게 해 줄 머리카락이 사라졌다.

델라가 반짝이는 눈으로 짐에게 시곗줄을 내밀며 말했다.

"어때요? 멋지죠! 이걸 구하느라 얼마나 돌아다녔는지 몰라요. 어서 당신 시계부터 이리 주세요. 시곗줄을 채우면 얼마나 멋진지 보게요."

짐은 시계를 건네주는 대신 긴 의자에 털썩 앉으며 말했다.

"델라! 우리 크리스마스 선물은 잠시 접어 두기로 해요. 지금 당장 쓰기에는 너무나 훌륭한 것들이니까요. 나는 머리빗을 사느라고 시계를 팔아 버렸어요. 자, 이제 크리스마스를 축하합시다. 메리 크리스마스!"

오 헨리, 「크리스마스 선물」

1 이해

이 글에서 일어난 일이 아닌 것은 어느 것입니까? (　　　)

① 짐이 아끼던 시계를 팔았다.
② 델라는 자랑거리인 머리카락을 팔았다.
③ 짐은 델라가 갖고 싶어 하는 머리빗을 샀다.
④ 짐과 델라는 당장 쓸 수 있는 선물을 받았다.
⑤ 델라는 여러 곳을 돌아다니며 짐의 시곗줄을 샀다.

2주 2일 학습 끝!

붙임 딱지 붙여요.

2 구조

㉮~㉱ 중 전개 부분에서 일어난 사건의 기호를 쓰세요. (　　　)

㉮ 저녁이 되어 짐이 집에 돌아왔다.
㉯ 짐이 델라에게 머리빗을 선물했다.
㉰ 델라가 짐에게 시곗줄을 선물했다.
㉱ 짐이 델라의 짧아진 머리를 보고 놀랐다.

3 구조

다음 부분에 대한 설명으로 알맞은 것은 무엇입니까? (　　　)

델라가 시곗줄을 선물로 주자 짐이 시계를 팔아 버렸다고 말하는 부분

① 이야기의 사건이 시작된다.
② 이야기 속 사건이 해결된다.
③ 이야기 속 사건이 본격적으로 진행된다.
④ 이야기 속 인물 사이의 갈등이 심해진다.
⑤ 이야기 속 사건의 갈등이 커지고 긴장감이 가장 높아진다.

4 이해

글쓴이가 이 글에서 전하고 싶은 주제는 무엇인지 쓰세요.

08 주장이 다양한 까닭 파악하기

2주

★ 아이와 엄마의 뇌 구조입니다. 주장에 알맞지 않은 근거를 찾아 ○표 하세요.

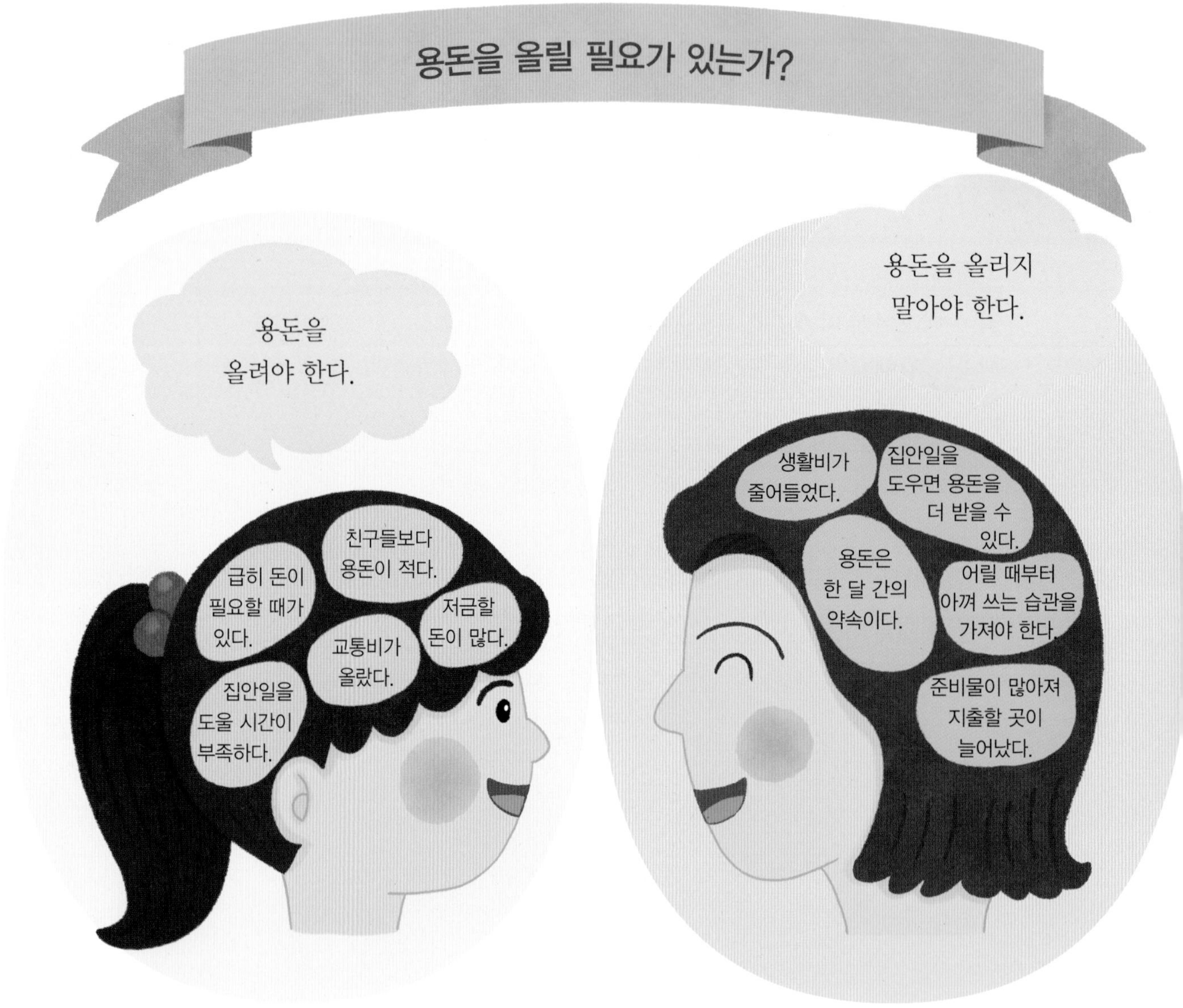

주제 탐구

어떤 사실이나 현상 등 문제 상황에 대해 여러 가지 다양한 주장이 나올 수 있습니다. 사람마다 겪은 일과 처한 상황이 다르기 때문입니다. 다른 사람의 주장이 자신의 생각과 다르더라도 근거가 타당하다면 존중하는 태도를 가져야 합니다.

1 '뇌 구조' 그림에서 아이와 엄마의 주장을 찾아 쓰세요.

(1) 아이의 주장: 용돈을 (   ).

(2) 엄마의 주장: 용돈을 (   ).

2 아이와 엄마의 주장이 다른 까닭을 알맞게 말한 친구에 ○표 하세요.

(1) 아이와 엄마가 생각하는 용돈이 서로 다르기 때문이야.

(2) 아이와 엄마는 처한 상황이 다르기 때문이야.

(3) 아이와 엄마가 서로를 믿지 못하기 때문이야.

3 '뇌 구조' 그림에서 찾은 알맞지 <u>않은</u> 근거를 알맞게 고쳐 쓰세요.

(1) 아이의 근거 ➡ (   ).

(2) 엄마의 근거 ➡ (   ).

4 아이와 엄마처럼 자신의 생각과 다른 주장에 대해 가져야 할 마음은 무엇인지 빈칸에 알맞은 낱말을 쓰세요.

• 주장을 뒷받침하는 근거가 타당하다면 내 생각과 다른 주장이라도 ☐☐ 해야 한다.

유형 1 문제 상황 파악하기

어떤 사실이나 현상 등 글에서 문제 상황의 구체적인 내용을 파악하는 문제입니다.

1 이 글에 나타난 문제 상황으로 알맞은 것은 무엇입니까? (　　　)

국어

청소년들이 무분별하게 욕을 사용하는 것으로 나타났다. KBS한국어진흥원과 국립 국어원이 설문 조사한 자료에 따르면, '하루에 욕설을 얼마나 자주 하는가'라는 물음에 '10번 이상'이 22.1%, '3~9번'이라는 답이 30.4%로, 청소년의 절반 가량(52.5%)은 하루에 여러 차례 습관적으로 욕을 하는 것으로 나타났다. 청소년들이 욕설을 하는 까닭은 '멋있어 보이고 재미있다', '친구끼리 친근감의 표시', '습관이다'라는 의견이 대부분이었다. 그리고 '욕설을 누구에게 배우는가'라는 물음에는 친구가 75.5%로, 가장 많은 비율을 차지했다.

① 청소년들의 친구 관계에 문제가 있다.
② 청소년들이 습관적으로 욕을 사용한다.
③ 청소년들이 누리 소통망을 잘못 사용하고 있다.
④ 청소년들이 잘못된 생활 습관으로 건강이 나빠진다.
⑤ 청소년들이 휴대 전화를 오래 사용하여 집중력이 떨어진다.

유형 2 글쓴이의 주장 찾기

글쓴이가 제시한 근거를 바탕으로 글쓴이의 주장을 파악하는 문제입니다.

영양소 탄수화물·지방·단백질·비타민·무기질 등 성장하거나 살아가는 데 필요한 에너지를 공급하는 영양분이 있는 물질.

2 글쓴이의 주장으로 알맞은 것에 ○표 하세요.

사회

우리는 급식을 먹을 때 음식을 남기지 말아야 한다. 급식은 성장에 도움을 주는 영양소가 골고루 들어가도록 식단을 짜서 만들기 때문에 싫어하는 반찬이라고 해서 먹지 않으면 성장기에 필요한 영양을 충분히 얻지 못한다.

또, 음식물 쓰레기가 늘어나 환경이 오염되고 음식물 쓰레기를 처리하는 데 드는 비용과 노력도 늘어난다. 우리나라는 1년에 버려지는 음식물 쓰레기만 5백만 톤이나 되고, 이를 처리하는 데 연간 약 8천억 원의 비용이 든다. 따라서 먹을 양만큼 알맞게 덜어서 먹고 음식을 남기지 않도록 노력해야 한다.

(1) 자원을 아끼고 환경을 보호해야 한다. (　　　)
(2) 급식을 먹을 때 음식을 남기지 말아야 한다. (　　　)
(3) 성장에 도움을 주는 5대 영양소를 먹어야 한다. (　　　)
(4) 음식을 처리하기 위한 비용과 노력을 줄여야 한다. (　　　)

3 ㉠~㉤ 중 적절하지 않은 근거를 찾아 기호를 쓰세요. (   )

국어

초등학생도 스마트폰을 써야 한다. ㉠부모님께 연락해야 할 급한 일이 생겼을 때 연락할 방법이 필요하고, ㉡모바일 게임을 하면서 공부 때문에 생긴 스트레스를 건강하게 풀 수 있기 때문이다. ㉢또, 스마트폰으로 교육용 앱이나 교육용 누리집에 접속하면 좋은 정보를 얻거나 지식을 쌓을 수 있다. ㉣메신저 앱으로 수업이 끝난 후에도 반 친구들과 자유롭게 대화할 수 있어 친구들과의 관계도 더 좋아진다. ㉤그러나 스마트폰은 요금이 비싼 것이 단점이다.

유형 3 주장에 불필요한 근거 찾기

글쓴이가 내세우는 주장을 뒷받침하는 근거를 파악하여 알맞지 못한 근거를 찾는 문제입니다.

4 (나)에서 주장에 대한 근거로 든 내용을 두 가지 고르세요. (   )

사회

(가) 공공장소에서는 반려견에게 입마개를 해야 한다. 최근 반려견이 늘어나면서 사람들이 반려견의 공격을 받아 사고를 당하는 일이 점점 증가하고 있다. 사람에게 위협이 될 수 있는 반려견에게 입마개를 씌우는 것은 사고를 예방하고 반려견을 교육하는 기회가 될 수 있다. 그러므로 반려견이 아무리 주인에게 소중한 존재라도 이웃들에게 사고의 위험이 있다면 입마개를 해야 한다.

(나) 공공장소에서 반려견에게 입마개를 씌워서는 안 된다. 개들은 혀를 헐떡거려 체온을 조절한다. 그런데 개들에게 입을 벌리지 못하게 하는 입마개를 씌우면 고통스러울 수 있다. 또, 순한 대형견도 입마개를 하고 있으면 잠재적 위협으로 느껴져 사람들에게 혐오감을 줄 수 있다. 일부 반려견이 일으킨 문제 때문에 모든 반려견이 희생하는 것은 공평하지 못하다.

① 반려견을 교육하는 기회가 될 수 있다.
② 개들이 체온을 조절할 수 없어 고통스럽다.
③ 공공장소에서 반려견에게 입마개를 해야 한다.
④ 반려견 때문에 일어나는 사고를 예방할 수 있다.
⑤ 잠재적인 위협으로 느껴져 사람에게 혐오감을 줄 수 있다.

유형 4 주장을 뒷받침하는 근거 파악하기

서로 다른 주장을 살펴보고 각각의 주장을 뒷받침하는 근거를 찾습니다.

잠재적 겉으로 드러나지 않고 숨은 상태로 존재하는 것.
혐오감 병적으로 싫어하고 미워하는 감정.

● **글의 종류** 토의 기록문

● **글의 특징** 이 글은 반 친구들이 '복도에서 뛰는 문제를 어떻게 해결할 것인가?'라는 주제로 학급 회의에서 토의한 내용을 기록한 글입니다. 네 친구들이 말한 주장과 근거를 정리하며 읽습니다.

● **낱말 풀이**

아수라장 싸움이나 그 밖의 다른 일로 큰 혼란에 빠진 곳. 또는 그런 상태.

불합리하다고 이론이나 이치에 알맞지 않다고.

지문 ★★☆

낱말 ★★☆

사회자: 최근 우리 반에 복도에서 뛰는 친구들끼리 부딪치는 사고가 자주 일어나고 있습니다. 그래서 이번 주 학급 회의 주제를 '복도에서 뛰는 문제를 어떻게 해결할 것인가?'로 정하였습니다. 이에 대한 의견을 발표할 사람은 손을 들어 주시기 바랍니다. 네, 최성현 친구부터 발표해 주십시오.

최성현: 저는 복도에서 뛰는 친구에게 벌금을 내게 하면 복도에서 뛰는 친구들이 줄어들 것이라고 생각합니다. 복도에서 뛰는 친구는 정해져 있고 우리 반 친구 모두가 복도에서 뛰는 것은 아닙니다. ㉠반 친구들이 여러 번 불편하다고 말하고 선생님께서도 여러 차례 뛰지 말라고 말씀하셨는데도 같은 일이 반복되고 있습니다. 그리고 친구들끼리 부딪쳐서 다치는 사건이 발생하면 친구들끼리 안 좋은 감정이 생겨 친구 관계가 나빠집니다. 벌금을 내게 해서라도 복도에서 일어날 수 있는 사고를 예방해야 합니다.

사회자: 다음은 김자연 친구가 발표해 주십시오.

김자연: 복도에서 뛰어다니는 행동은 다른 친구들에게 피해를 주는 위험한 행동입니다. ㉡복도에서 뛰는 사람을 그대로 놔두면 다른 친구들에게 전염되어 복도가 아수라장이 될 수 있습니다. ㉢물론 저도 활발한 성격이라서 뛰는 것을 좋아합니다. 벌금을 걷어서 학급비로 사용하고, 복도에서 뛰어다니는 친구의 습관도 고쳐진다면 일석이조라고 생각합니다.

사회자: 다른 의견이 있는 친구는 손을 들어 주십시오. 네, 강혜미 친구가 발표해 주십시오.

강혜미: 저는 반 친구 중 일부의 잘못으로 반 친구들 전체가 벌금을 내는 것은 불합리하다고 생각합니다. ㉣저처럼 걸음이 느린 친구들은 화장실이나 매점에 갔다 올 때 수업 시간에 늦지 않으려고 뛰어 들어올 때가 있습니다. 그때마다 벌금을 내야 한다면 학교에 오기 싫어질 것입니다. 그러므로 벌금을 걷지 말고 각자 복도에서 뛰지 말자는 다짐을 하는 것이 좋겠습니다.

진서림: 맞습니다. 벌금은 문제를 해결하는 데 도움이 안 된다고 생각합니다. 복도에서 뛰는 사람은 정해져 있으므로, 벌금을 낼 사람도 정해져 있습니다. ㉤복도에서 뛰는 친구들도 처음에는 조심하겠지만 벌금을 내면 그만이라고 생각할 수 있습니다. 벌금 때문이 아니라 다른 친구를 배려해서 복도에서 뛰지 말아야 한다고 생각합니다.

1 이해

이번 주 학급 회의에서 토의할 주제는 무엇인지 이 글에서 찾아 쓰세요.

2주 3일 학습 끝!
붙임 딱지 붙여요.

2 이해

친구들이 주장한 의견으로 알맞지 않은 것은 무엇입니까? (   )

① 선생님께 복도에서 뛰는 친구들을 알려야 한다.
② 복도에서 뛰는 친구들에게 벌금을 걷어야 한다.
③ 반 친구들 전체에게 벌금을 내게 해서는 안 된다.
④ 다른 친구들을 배려해서 복도에서 뛰지 말아야 한다.
⑤ 벌금을 걷어서라도 친구들의 복도에서 뛰어다니는 습관을 고쳐 주어야 한다.

3 추론

친구들이 서로 다른 주장을 하는 까닭에 모두 ○표 하세요.

(1) 겪은 일이 다르기 때문에 (   )
(2) 처한 상황이 다르기 때문에 (   )
(3) 학년과 반이 다르기 때문에 (   )

4 이해

㉠~㉤ 중 친구들의 주장을 뒷받침하는 근거로 알맞지 않은 것은 무엇입니까? (   )

① ㉠ ② ㉡ ③ ㉢ ④ ㉣ ⑤ ㉤

5 비판

〈문제 1번〉의 주제에 대해 나의 의견을 정하고 그 근거를 쓰세요.

(1) 의견	① 벌금을 내게 해야 한다. ( ) ② 다른 방법을 찾아야 한다. ( )
(2) 근거	

09 논설문의 특성 파악하기

★ 그림 속 문제 상황과 관련 있는 주장과 근거를 골라 번호를 쓰세요.

1. 즉석식품은 맛이 있다.
2. 즉석식품을 많이 먹지 말아야 한다.
3. 화학 첨가물이 들어 있어 몸에 좋지 않다.
4. 열량이 높아 비만이 되기 쉽다.
5. 즉석식품은 조리하기 간편하다.
6. 일회용 포장 용기가 환경을 오염시킨다.

(1) **주장:**

(2) **근거:**

주제 탐구

논설문은 읽는 사람을 설득하기 위한 논리적인 글로, 글쓴이가 내세우는 주장과 이를 뒷받침하는 근거로 이루어져 있습니다. 논설문은 서론, 본론, 결론의 세 부분으로 되어 있는데, 서론에서는 글을 쓴 문제 상황과 글쓴이의 주장을 밝힙니다. 본론에서는 글쓴이의 주장에 대한 근거를 제시합니다. 결론에서는 글 내용을 요약하거나 글쓴이의 주장을 다시 한번 강조합니다.

1 논설문의 짜임에서 빈칸에 들어갈 내용을 보기 에서 찾아 쓰세요.

보기

자료 근거 요약 주장

(1) 서론	글을 쓴 문제 상황과 글쓴이가 글 전체에서 내세우는 (　　　　)이/가 분명하게 나타납니다.

⬇

(2) 본론	• 글쓴이가 제시한 주장의 (　　　　)와/과 그 근거를 뒷받침하는 내용을 구성합니다. • 근거를 뒷받침하는 내용에는 구체적인 예시나 다양한 (　　　　)을/를 포함합니다.

⬇

(3) 결론	글 내용을 (　　　　)하기도 하고 글쓴이의 주장을 다시 한번 강조할 수도 있습니다.

2 왼쪽의 그림 속 내용으로 논설문을 쓸 때 빈칸에 들어갈 내용을 찾아 알맞게 쓰세요.

(1) 서론	성장기의 청소년들은 영양에 문제가 생길 수 있으므로,

⬇

(2) 본론	• • •

⬇

결론	이제 우리 모두 즉석식품의 심각성을 깨닫고 먹지 말아야 한다.

유형 1 서론에 나타난 문제 상황 파악하기

논설문의 서론 부분에 나타난 글 전체의 문제 상황을 파악하는 문제입니다.

추세 어떤 현상이 일정한 방향으로 나아가는 경향.

1 이 글에 나타난 문제 상황으로 알맞은 것은 무엇입니까? (　　　)

국어

우리나라는 세계에서 대표적인 수면 부족 국가로 손꼽힌다. 그중에서도 청소년들의 수면 부족은 더욱 심각하다. 미국 수면재단 연구에 따르면, 초등학생은 9~11시간, 중학생은 8~10시간, 고등학생은 7~9시간의 수면 시간이 필요하다고 한다. 그런데 우리나라 초·중·고등학생 모두 이보다 수면 시간이 1시간 이상 부족한 것으로 조사됐다.

특히 청소년들의 수면 시간은 점점 더 줄어드는 추세에 있으므로, 우리는 청소년들의 수면 시간을 늘리려는 노력을 해야 한다.

① 우리나라 청소년들의 학습량이 많다는 것
② 미국 청소년들의 수면 시간이 부족하다는 것
③ 우리나라 청소년들의 수면 시간이 부족하다는 것
④ 우리나라 청소년들의 학습 시간이 부족하다는 것
⑤ 우리나라가 대표적인 수면 시간 부족 국가라는 것

유형 2 문제 상황에 대한 주장 찾기

글을 쓰게 된 문제 상황을 바탕으로 주장을 파악하는 문제입니다.

점화되고 불을 붙이고.

2 이 글의 문제 상황에 대한 주장으로 알맞은 것에 ○표 하세요.

사회

얼마 전 한 고래 생태 체험관에서 임신한 돌고래를 동원해서 돌고래 쇼를 연 것이 밝혀졌다. 이 돌고래는 무사히 새끼를 출산했지만 새끼 돌고래가 3일 만에 생을 마감하면서 돌고래 쇼뿐 아니라 돌고래들의 수족관 생활에 대한 동물 복지 논란이 다시 점화되고 있다.

전문가에 따르면, 자연 상태에서 하루 100km를 움직이는 돌고래에게 좁은 수족관은 감옥과도 같다고 한다. 쇼가 없는 동안 돌고래가 머무르는 내실은 보통 가로 12m, 세로 5m의 공간에 불과하다. 이곳에는 보통 3~4마리의 돌고래가 함께 있는데, 사람과 비교하면 평생 침대에서 생활하는 격이라는 것이다.

(1) 돌고래 쇼를 계속해야 한다. (　　　)
(2) 돌고래의 자유를 빼앗아서는 안 된다. (　　　)
(3) 돌고래 수족관을 다시 만들어야 한다. (　　　)

● (3~4) 다음을 읽고 물음에 답하세요.

㉠빼빼로데이나 화이트데이, 블랙데이 등은 기업들이 매출을 늘리려고 만든 상업적인 기념일이기 때문이다. ㉡이들 회사에서는 '○○데이에는 △△을 선물해야 한다.'고 홍보해서 특정 상품을 사도록 이끈다. 그런 까닭으로 기념일 문화가 지나치게 상업적이라는 비판을 받는 것도 사실이다.

㉢매달 있는 기념일마다 친구들에게 나누어 줄 선물을 챙기려면 학생 수준에서 지나친 소비를 하게 된다. 일정한 용돈을 받는 학생들에게는 경제적인 부담이 될 수밖에 없다. ㉣기념일에 주고받은 선물은 친구들 사이에서 우정을 확인하는 기준이 되기 때문이다. ㉤또, 기념일마다 친구들의 선물을 챙기는 일은 피로감을 주고 스트레스가 될 수 있다.

3 이 글은 논설문의 서론, 본론, 결론 중 어디에 해당하는지 쓰세요.

국어

( )

유형 3 논설문의 짜임 알기

글의 내용을 파악하여 논설문의 짜임 중 어느 부분에 들어갈 내용인지 찾는 문제입니다.

4 ㉠~㉤ 중 주장에 대한 근거로 알맞지 않은 것은 무엇입니까? ( )

국어

① ㉠ ② ㉡ ③ ㉢ ④ ㉣ ⑤ ㉤

유형 4 주장을 뒷받침하는 근거 파악하기

글쓴이의 주장을 뒷받침하지 못하는 반대 주장의 근거를 찾는 문제입니다.

●**글의 종류** 논설문

●**글의 특징** 이 글은 일회용 플라스틱의 사용을 줄이기 위해 우리 모두가 노력해야 한다고 주장하는 논설문입니다. 주장에 대한 근거와 근거를 뒷받침하는 자료들이 타당한지 판단하며 읽습니다.

●**중심 내용**

(가) 우리는 일회용 플라스틱 사용을 줄여 나가야 함.
(나) 일회용 플라스틱 쓰레기는 처리하는 데 비용이 많이 들기 때문임.
(다) 일회용 플라스틱이 바다로 흘러 들어가면 바다 생물의 생존을 위협함.
(라) 재활용이 어려운 재료나 디자인의 일회용 플라스틱은 재활용 비율이 낮음.
(마) 일상생활에서 일회용 플라스틱을 줄이려는 노력을 실천해야 함.

●**낱말 풀이**

라벨 종이나 천에 상표나 품명, 제품의 크기, 가격 따위를 인쇄하여 상품에 붙여 놓은 조각.
용기 물건을 담는 그릇.

지문 ★★☆
낱말 ★★☆

(가) 20세기에 개발된 플라스틱은 다양한 크기와 모양으로 만들기 쉽고 가볍고 튼튼해서 한때 '기적의 소재'라고 불렸다. 그러나 일회용 플라스틱의 비중이 급격하게 늘어나면서 전 세계적으로 800만 톤이나 버려지는 플라스틱 쓰레기는 지구촌 모두의 골칫거리가 되었다.

이 때문에 세계 여러 나라들은 일회용 플라스틱 사용을 금지하고 플라스틱 쓰레기 줄이기에 안간힘을 쓰고 있다. 일회용 플라스틱 쓰레기는 어느 한 나라만의 문제가 아니라 우리 모두가 노력해서 줄여 나가야 한다. 우리는 왜 일회용 플라스틱을 줄여 나가야 할까?

(나) 일회용 플라스틱 쓰레기는 썩지 않아 처리 비용이 많이 들기 때문이다. 일회용 플라스틱은 생산하는 데 5초, 쓰는 데 5분, 썩는 데 500년이 걸린다. 일회용 플라스틱을 만드는 데 드는 비용은 저렴하지만 사용하자마자 버려져 쓰레기 처리에만 연간 1,000억 원이 든다. 이 비용을 줄이려면 플라스틱의 생산량 자체를 줄여야 한다.

(다) 또, 일회용 플라스틱 쓰레기가 처리되지 않고 그대로 바다에 흘러 들어가면 바다 생물들의 생존을 위협한다. 플랑크톤부터 수많은 물고기, 바닷새와 바다거북부터 바다표범, 고래 같은 큰 동물까지 플라스틱 조각이나 비닐을 먹이로 잘못 알고 삼킨다. 이렇게 플라스틱을 먹은 동물들은 자라는 데 방해를 받고 움직임이 둔해지며 심지어 목숨까지 잃는다.

(라) 재활용이 어려운 재료나 디자인으로 만들어진 일회용 플라스틱 제품들은 재활용률도 낮다. 2016년 통계청이 조사한 우리나라 재활용품의 전체 재활용률은 85.7%인데 플라스틱의 재활용률은 34%에 그쳤다. 페트병에 접착식 라벨을 붙이거나 색을 넣어 재활용이 어렵기 때문이다. 따라서 일회용 플라스틱의 사용을 줄여 나가는 한편, 처음 제품이 만들어질 때부터 재활용이 가능한 플라스틱 용기를 만들어 재활용률을 높여 나가야 한다.

(마) 일회용 플라스틱 쓰레기는 처리하는 데 비용도 많이 들 뿐 아니라 무엇보다 바다 생물들의 생존을 위협하는 위험한 물질이다. 또 재활용률도 낮기 때문에 적게 만들고, 덜 쓰고, 재활용하는 것만이 그 답이 될 수 있다. ㉠가장 중요한 것은 우리 모두가 일상생활에서 할 수 있는 작은 일부터 찾아서 실천하는 일이다. 일회용 플라스틱을 줄이려는 노력만이 이 문제의 해결에 한 걸음 다가서는 길이다.

2주 4일 학습 끝!

붙임 딱지 붙여요.

1 이해

글쓴이가 말한 일회용 플라스틱의 문제점이 아닌 것은 무엇입니까? (　　　)

① 다양한 크기와 모양으로 만들기 쉽다.
② 쓰레기를 처리하는 데 비용이 많이 든다.
③ 한 번 사용하면 그대로 쓰레기로 버려진다.
④ 그대로 버려지면 바다 생물의 생존을 위협한다.
⑤ 재활용이 어려운 재료로 된 것도 있어 재활용 비율이 낮다.

2 이해

다음 중 글쓴이의 주장으로 알맞은 것에 ○표 하세요.

(1) 일회용 플라스틱 사용을 줄여야 한다. (　　　)
(2) 지구의 환경과 바다 생물을 보호해야 한다. (　　　)
(3) 전 세계적으로 일회용 플라스틱을 금지해야 한다. (　　　)

3 구조

이 글에서 ㈎~㈒ 중 글쓴이의 주장에 대한 근거가 제시된 문단의 기호를 모두 쓰세요. (　　　　　　　　　)

4 구조

이 글에서 글 ㈒의 역할로 알맞은 것은 무엇입니까? (　　　)

① 구체적인 예를 들어 주장에 대한 근거를 밝히고 있다.
② 명확한 수치를 바탕으로 주장에 대한 근거를 밝히고 있다.
③ 객관적 자료를 바탕으로 주장에 대한 근거를 밝히고 있다.
④ 글을 쓰게 된 문제 상황과 글 전체의 주장을 드러내고 있다.
⑤ 글 내용을 요약하고 글쓴이의 주장을 다시 한번 강조하고 있다.

5 문제해결

㉠의 예로, 초등학생인 우리가 실천할 수 있는 일을 생각해서 쓰세요.

10

2주

내용의 타당성과 표현의 적절성 판단하기

★ 시온이가 밖에 나가려고 모자를 고르고 있어요. 아래 표의 쓰임새에 알맞은 모자의 번호를 쓰세요.

(1) 추위를 막아 준다.		(2) 햇볕을 가려 준다.	
(3) 행사에서 격식을 갖춘다.		(4) 지위나 신분을 나타낸다.	
(5) 직업을 드러내 준다.		(6) 머리를 다치지 않게 보호한다.	

주제 탐구

논설문을 읽을 때는 먼저 글쓴이의 주장이 가치 있고 중요한지 판단해야 합니다. 그리고 근거가 주장과 관련 있는지, 근거가 주장을 뒷받침하는지 살피면서 읽어야 합니다. 또, 주관적인 표현, 모호한 표현, 단정하는 표현을 쓰지 않았는지 살피면서 읽어야 합니다.

1 시온이가 모자를 고르면서 자신의 주장을 쓴 글이에요. 내용이 타당한지 각 항목마다 판단하여 ○표 하세요.

아프리카의 아기들에게 털모자를 선물합시다. 아프리카는 낮에는 덥지만 아침저녁으로는 쌀쌀합니다. 갓 태어난 아기들은 낮과 밤의 기온 차가 커서 저체온증에 걸리기 쉽습니다. 털모자는 신생아들의 저체온증을 막아 주는 가장 손쉽고도 확실한 수단입니다.

판단할 항목	매우 그렇다	그렇다	보통이다
(1) 주장이 가치 있고 중요한가요?			
(2) 근거가 주장과 관련이 있나요?			
(3) 근거가 주장을 뒷받침하고 있나요?			

2 논설문에 적절하지 못한 표현을 정리한 것이에요. 빈칸에 알맞은 낱말을 보기에서 골라 쓰세요.

보기
단정적인 객관적인 주관적인

(1) 나는 빨간색을 좋아한다. 그러므로 우리 반 티셔츠를 빨간색으로 해야 한다.

➡ '~을 좋아한다'는 ( ) 표현이므로 논설문에 맞게 ( )인 표현으로 바꾸어야 합니다.

(2) 전동 자전거는 절대로 학교에 가져오면 안 됩니다.

➡ '절대로, 반드시, 결코'와 같이 어떤 사실을 딱 잘라 판단하는 ( ) 표현은 조심해서 써야 합니다.

유형 1 주장이 가치 있고 중요한지 판단하기

글쓴이의 주장이 가치 있고 중요한지, 읽는 사람을 설득할 만한 주장인지를 판단합니다.

구성원 어떤 조직이나 단체를 이루고 있는 사람들.

1 글쓴이의 주장이 가치 있고 중요한지 알맞게 판단한 것에 ○표 하세요.

국어

2016년 여성 가족부가 발표한 양성평등 인식 조사에서 가정에서 남녀의 성차별이 여전한 것으로 나타났다. 조사 결과에 따르면 청소년의 27.8%가 '여성은 주방에서 요리를 한다'는 응답을 했고, 33%가 '남성은 집에서 TV를 본다'고 응답했다.

우리 집이나 반 친구들의 집 모두 부모님이 맞벌이를 하시더라도 집안일은 대부분 어머니께서 하시는 경우가 많았다. 집안일은 어머니나 아버지만을 위한 것이 아니라 가족 모두를 위한 것이므로, 가족 구성원 모두가 집안일을 나누어 맡아야 한다.

(1) 집안일을 도맡아 하는 어머니께만 가치 있는 주장이야. ( )

(2) 집안일을 모두 나누어 맡아야 하는 지금 상황에서 꼭 필요한 주장이야. ( )

(3) 맞벌이를 하는 집에서만 중요한 문제이므로 가치 있는 주장이라고 볼 수 없어. ( )

유형 2 주장과 근거의 연관성 판단하기

주장과 근거가 서로 연결될 수 있는 내용인지 파악하는 문제입니다.

난처한 이럴 수도 없고 저럴 수도 없어 행동하기 곤란한.

2 ㉠~㉤ 중 글쓴이의 주장과 관련 없는 근거는 무엇입니까? ( )

도덕

친구 사이에는 거짓말을 하지 말아야 합니다. ㉠거짓말을 하면 친구들 사이에 믿음이 사라져서 친구 관계를 병들게 하고 진실한 마음으로 우정을 나눌 수 없습니다. ㉡거짓말을 반복하면 상대방에게 마음의 상처를 줄 뿐 아니라 자기 자신에게도 피해를 주게 됩니다. ㉢거짓말을 덮기 위해 또 다른 거짓말을 하게 되고 앞서 한 거짓말을 기억하지 못해 난처한 상황에 처하게 됩니다. ㉣상대방이 큰 충격을 받을까 봐 배려하는 착한 거짓말을 하기도 합니다. ㉤습관적으로 거짓말을 자주 하면 성격 장애로까지 이어질 수 있습니다. 그러므로 친구 관계에 도움이 되지 않는 거짓말을 하지 말아야 합니다.

① ㉠ ② ㉡ ③ ㉢ ④ ㉣ ⑤ ㉤

● (3~4) 다음을 읽고 물음에 답하세요.

환경을 위해 플라스틱 필통 대신 천 필통을 사용해야 한다.

그 까닭은 첫째, 플라스틱 필통은 썩는 데 오랜 시간이 걸려 환경을 오염시키지만 천 필통은 자연에서 썩는 물질로 만들어졌다. 플라스틱은 자연에서 썩는 데 500년이 걸리지만 옷감은 썩는 데 1년이면 된다.

둘째, 플라스틱 필통은 깨질 위험이 있지만 천 필통은 깨지거나 부서질 위험이 없다. 천 필통이 플라스틱 필통보다 좀 더 오래 사용할 수 있어 환경에 도움을 준다.

셋째, 플라스틱 필통은 더러워지면 닦아도 소용없어 버려야 하지만, 천 필통은 더러워질 때마다 빨아 쓸 수 있다. 때문에 플라스틱 필통보다 천 필통을 사용하면 쓰레기를 줄일 수 있다.

넷째, 플라스틱 필통은 바닥에 떨어지면 큰 소리가 나서 수업에 방해가 되지만 천 필통은 바닥에 떨어져도 소리가 거의 나지 않는다.

㉠환경을 위한다면 절대로 플라스틱 필통을 사용하지 말고 천 필통을 사용해야 한다.

3 이 글에서 근거의 적절성을 알맞게 판단한 것은 무엇입니까? (　　　)

국어

① 네 개의 근거 모두 주장을 뒷받침하고 있다.
② 둘째 근거는 글쓴이의 주장과 관련이 없어 주장을 뒷받침하지 못한다.
③ 천 필통은 빨아서 쓸 수 있어 셋째 근거는 주장을 잘 뒷받침하고 있다.
④ 넷째 근거는 수업에 도움을 주는 필통을 구별하여 주장을 잘 뒷받침하고 있다.
⑤ 첫째 근거에서 말한 물질이 썩는 기간은 사실이 아니므로 주장을 뒷받침하지 못한다.

유형 3 주장에 대한 근거의 적절성 판단하기

논설문에서 근거가 주장을 뒷받침하는지 판단하여 확인합니다.

4 ㉠의 표현을 논설문에 알맞은 표현으로 바꾸어 쓰세요.

국어

유형 4 표현의 적절성에 맞게 고치기

'반드시, 결코, 절대로'와 같은 단정적인 표현을 논설문에 맞게 고치는 문제입니다.

●**글의 종류** 논설문

●**글의 특징** 이 글은 인싸 문화의 장점과 단점을 파악하여 인싸 문화를 서로의 다름을 존중하는 문화로 만들자고 주장하는 글입니다.

●**중심 내용**
(가) 청소년들에게 전 세대에 퍼진 인싸 문화를 따라 하려는 경향이 나타남.
(나) 대학생들이 쓰던 말 인싸, 아싸는 누리 소통망과 영상 매체를 통해 퍼져 나가 소비 문화로까지 이어짐.
(다) 인싸 문화의 장점은 어른 세대와 소통할 수 있고 재미있는 콘텐츠를 즐길 수 있다는 점임.
(라) 인싸 문화의 단점은 아싸와의 차별로 마음의 상처를 받거나 인싸템을 사기 위해 충동적인 소비를 하거나 불안감을 느끼는 점임.
(마) 인싸 문화의 장단점을 깨닫고 서로의 다름을 존중하는 문화로 만들어 나가야 함.

●**낱말 풀이**
감수성 외부 세계의 자극을 받아들이고 느끼는 성질.
도 어떠한 정도나 한도.

지문 ★★☆

낱말 ★★☆

(가) 언제부터인가 '인싸'라는 유행어가 생겨나면서 전 연령층으로 '인싸 문화'가 빠르게 퍼지고 있다. 특히 유행에 민감한 10대 청소년들은 새로운 유행인 인싸 문화에 흥미를 느끼고 따라 하려는 경향이 있다. 과연 우리는 인싸 문화를 어떻게 받아들여야 할지 생각해 보자.

(나) '인싸'는 외국어인 '인사이더(insider)'를 줄인 말로, 조직이나 또래 집단에서 사람들과 잘 어울려 지내면서 모임에 적극적으로 참여하고 유행을 앞서는 사람을 이르는 말이다. 이런 '인싸'와 반대되는 개념을 '아싸(아웃사이더, outsider)'라고 부르는데, 인싸와 아싸는 처음에는 대학생들이 쓰던 말이 누리 소통망, 영상 매체 등을 통해 여러 세대로 퍼져 나간 것이다. 이렇게 만들어진 인싸 문화는 '핵인싸, 인싸템, 인싸력'과 같은 말들을 만들어 내고 '인싸템'이라는 표현만으로 물건을 사게 만드는 소비 문화로까지 이어졌다.

(다) 한 교복 회사의 설문 조사에 따르면, 청소년의 약 43%가 인싸 문화의 장점으로 10대가 또래 세대 및 어른 세대와 함께 공감하고 소통할 수 있다는 점을 꼽았다. 그리고 또 다른 장점은 유행에 맞는 재미있는 콘텐츠들이 생산된다는 점(35.1%)이라고 답했다.

㉠청소년들은 인싸 문화로 또래끼리뿐 아니라 어른 세대와도 소통하는 편이다. 그리고 또래 세대와 어른 세대가 만든 재미있는 콘텐츠들을 함께 즐기며 공부로 쌓인 스트레스를 풀고 있다.

(라) 반면 인싸와 아싸의 차별은 감수성이 민감한 청소년기에 부정적인 영향을 준다. 앞서 말한 설문 조사에서 청소년들은 스스로 인싸의 단점으로 '인싸어 사용으로 인한 한글 파괴(44.4%)'와 '인싸 문화를 체험하지 못하거나 인싸템을 사지 못한 사람에 대한 차별(27.1%)'을 꼽았다.

친구가 전부라고 여겨지는 청소년기에 친구로부터 아싸라고 따돌림당하거나 소외되면 마음의 상처가 클 수밖에 없다. 또 인싸템을 사기 위해 충동적인 소비를 하거나 인싸템을 사지 못하면 불안감을 느껴 도에 넘치는 행동까지 하게 된다.

(마) 친구와의 관계를 중요하게 여기는 청소년들에게 인싸 문화는 긍정적 영향과 부정적 영향 모두를 끼칠 수밖에 없다.

그러므로 청소년 스스로가 인싸 문화의 장단점을 파악하여 서로의 다름을 존중하는 문화로 만들어야 한다. 인싸와 아싸가 있는 그대로의 모습으로 인정받는 건강한 문화를 만들어 나가야 한다.

1 글쓴이의 주장은 무엇입니까? (   )

이해

① 청소년과 어른 세대가 인싸 문화로 소통해야 한다.
② 청소년들은 또래 세대와 어른 세대를 차별하지 말아야 한다.
③ 청소년들은 인싸 문화로 공부에서 쌓인 스트레스를 풀어야 한다.
④ 인싸 문화를 서로의 다름을 존중하는 문화로 만들어 나가야 한다.
⑤ 인싸 문화는 소비를 부추기므로 청소년들이 받아들여서는 안 된다.

2주 5일 학습 끝!

붙임 딱지 붙여요.

2 이 글에서 타당성을 판단한 것으로 알맞지 않은 것은 무엇입니까? (   )

비판

① 인싸 문화의 긍정적 영향은 주장과 연결될 수 있어.
② 인싸 문화가 유행하는 지금 상황에서 가치 있는 주장이야.
③ 인싸 문화가 준 긍정적 영향은 주장과 관련없는 내용이야.
④ 인싸 문화의 부정적 영향의 예로 든 한글 파괴는 주장을 뒷받침하고 있어.
⑤ 인싸 문화가 생겨난 배경과 퍼진 과정을 설명하여 주장을 뒷받침하고 있어.

3 ㉠의 표현이 논설문에 적절하지 못한 까닭에 ○표 하세요.

비판

(1) 모호한 표현이라서 (   )
(2) 주관적인 표현이라서 (   )
(3) 단정하는 표현이라서 (   )

4 이 글을 읽고 난 반응으로 알맞은 것의 기호를 쓰세요. (   )

문제해결

㉮ 인싸템이니까 무조건 따라 해야지!
㉯ 나는 아싸니까 저 아이스크림을 먹지 않을 거야!
㉰ 인싸템이라도 나에게 도움이 되는지 따져 보고 살 거야!

'눈치'를 나타내는 관용 표현

'냄새가 난다.'는 말에서 '냄새'는 향기나 구린내처럼 코로 맡을 수 있는 기운뿐 아니라, 사물이나 현상 등에서 느낄 수 있는 분위기를 뜻하기도 해요. 따라서 '냄새가 난다.'는 '수상한 기운이 느껴진다.'는 뜻으로 사용하는 표현이지요.

'눈치'를 나타내는 관용 표현

- **눈치(가) 보이다** 남의 마음과 태도를 살피게 된다는 뜻이에요.
  예 시험을 못 봤더니, 엄마 <u>눈치가 보이네</u>.
- **눈치(가) 빠르다** 남의 마음을 남다르게 빨리 알아챈다는 뜻이에요.
  예 <u>눈치 빠르게</u> 내 비밀을 알아챘군.
- **시치미를 떼다** 자기가 하고도 안 한 체하거나 알고 있으면서 모르는 체한다는 뜻이에요.
  예 나는 과자를 다 먹고 안 먹은 척 형에게 <u>시치미를 뗐다</u>.
- **오리발을 내밀다** 자기 잘못을 숨기고 딴전을 부린다는 뜻이에요.
  예 네가 한 짓인 줄 빤히 아는데, <u>오리발을 내미는구나</u>.
- **가슴이 뜨끔하다** 어떤 말을 듣거나 모습을 보고, 깜짝 놀라거나 잘못했다고 느낀다는 뜻이에요.
  예 범인은 가까운 데 있다는 경찰의 말에 도둑은 <u>가슴이 뜨끔했다</u>.

1 **㉠, ㉡에 들어갈 알맞은 낱말을 쓰세요.**

> 약속 시각에 늦은 준호가 승우를 흘낏 보고는 말했다.
> "늦었더니 눈치가 [㉠]. 너 화가 머리끝까지 났구나."
> 그러자 승우가 퉁명스럽게 대꾸했다.
> "얼굴을 척 보고 화가 머리끝까지 난 것을 알아채다니, 너 눈치 한번 [㉡]."

(1) ㉠: (   )   (2) ㉡: (   )

2 **다음 대화에서 알맞은 말에 ○표 하세요.**

> 경찰: 당신이 그 집에서 보석을 훔쳤지?
> 도둑: 아니에요. 난 절대 그런 적 없습니다.
> 경찰: 그럼 당신 가방에서 그 집 주인의 보석이 나온 것은 어떻게 설명할 거야?
> 도둑: 나는 모르는 일입니다. 그게 왜 내 가방에 들어 있을까?
> 경찰: 뭐라고? (**시치미 떼지 마! / 눈치 보지 마!**)

이번 주 나의 독해력은?	
	이번 주 학습을 모두 끝마쳤나요?
	이야기의 구조를 이해할 수 있나요?
	논설문의 특성을 모두 이해했나요?

정답 1. (1) 예 보인다 (2) 예 빠르다 2. 시치미 떼지 마!

11 비유하는 표현 이해하기

3주

★ 이 시에서 파란색 글씨로 쓰여진 부분을 읽고 떠오르는 그림을 골라 ○표 하세요.

새하얀 밤

강소천

눈빛도 희고
달빛도 희고

마을도 그림 같고
집도 그림 같고

눈빛도 화안하고
달빛도 화안하고

누가 이런 그림 속에
나를 그려 놓았나?

주제 탐구

어떤 현상이나 사물을 비슷한 현상이나 사물에 빗대어 표현하는 것을 '비유하는 표현'이라고 합니다. 비유하는 표현은 한 대상을 다른 대상에 빗대어 표현하므로, 두 대상 사이에 공통점이 있습니다. 비유하는 표현을 잘 이해하면 대상의 모습이나 장면을 실감나게 떠올릴 수 있습니다.

1 이 시에서 비슷한 성질을 가진 대상을 찾아 빈칸에 쓰세요.

눈빛	희다	달빛
	(1) 그림 같다	
	(2) 환하다	

2 보기 의 밑줄 친 부분을 참고하여 빈칸에 어울리는 비유적인 표현을 쓰세요.

> 보기
>
> 하늘 빛이 물감 같고, 구름은 솜사탕 같다.

(1) ☐ 이/가 친구 같다.

(2) ☐ 은/는 샛별 같다.

(3) 우리 아빠는 ☐ 같다.

유형 1 비유하는 표현 찾기

시에서 글쓴이가 봄꽃들이 피는 현상을 비유한 표현을 찾는 문제입니다.

1 국어

꽃들이 피어 봄을 알리는 모양을 비유한 표현은 무엇입니까? (   )

나비

이준관

들길 위에 혼자 앉은
민들레.
그 옆에 또 혼자 앉은
제비꽃.

그것은
디딤돌.

나비 혼자
딛
고
가
는

봄의
디딤돌.

① 봄 ② 나비 ③ 민들레
④ 그것은 ⑤ 디딤돌

2 ㉠과 ㉡을 설명한 내용으로 알맞은 것을 <u>모두</u> 고르세요. (   )

국어

엄마 걱정

기형도

열무 삼십 단을 이고
시장에 간 우리 엄마
안 오시네, 해는 시든 지 오래
㉠<u>나는 찬밥처럼 방에 담겨</u>
아무리 천천히 숙제를 해도
엄마 안 오시네, ㉡<u>배추 잎 같은 발소리 타박타박</u>
안 들리네, 어둡고 무서워
금 간 창틈으로 고요한 빗소리

빈방에 혼자 엎드려 훌쩍거리던
아주 먼 옛날
지금도 내 눈시울을 뜨겁게 하는
그 시절, 내 유년의 윗목.

① ㉠은 어두운 방에 혼자 남겨진 나의 외로운 마음을 비유한 표현이다.
② ㉠은 어머니가 안 계셔서 찬밥을 먹은 나의 모습을 비유한 표현이다.
③ ㉡은 장사를 마치고 난 어머니의 피곤한 모습을 비유한 표현이다.
④ ㉡은 어머니가 장사하고 남은 돈을 정리하는 모습을 비유한 표현이다.
⑤ ㉠, ㉡은 내가 어린 시절을 그리워하는 모습을 비유한 표현이다.

유형 2 비유한 대상 파악하기

시에 나타난 표현을 바탕으로 비유한 대상과 비유된 대상을 파악하는 문제입니다.

유년 어린 나이나 때.
윗목 온돌방에서 아궁이로부터 먼 쪽의 방바닥.

 ★ 시에 나타난 비유하는 표현을 생각하며 읽어 보세요.

●글의 종류 시

●**글의 특징** ㈎는 여우비를 맞고 무지개 아래서 춤을 추고 즐거워하는 아이들의 모습을 비유하는 표현을 사용해 표현한 시입니다.
㈏는 봄날의 하늘을 바라보려는 나의 소망을 아름다운 우리말과 비유하는 표현으로 쓴 시입니다.

●**중심 내용**
㈎ 1연 아이들이 여우비를 맞으면서 자라남.
2연 무지개 아래 아이들이 춤을 추고 노래함.
㈏ 1연 봄 하늘을 우러르고 싶은 소망을 드러냄.
2연 봄 하늘을 바라보고 싶은 소망을 드러냄.

●**낱말 풀이**
햇비 여우비(볕이 있는 날 잠깐 내리는 비)를 뜻하는 함경도 방언.
닷 자 엿 자 다섯 자 여섯 자, 자는 길이의 단위로 한 자는 30.3cm에 해당함.
새악시 '새색시'의 방언.
보드레한 꽤 보드라운 느낌이 있는.
실비단 가는 실로 짠 비단.

지문 ★☆☆
낱말 ★★☆

㈎

햇비

윤동주

㉠아씨처럼 나린다
보슬보슬 햇비
맞아 주자 다 같이
옥수숫대처럼 크게
닷 자 엿 자 자라게
해님이 웃는다
나 보고 웃는다.

㉡하늘 다리 놓였다
알롱알롱 ㉢무지개
노래하자 즐겁게
동무들아 이리 오나
다 같이 춤을 추자
해님이 웃는다
즐거워 웃는다.

㈏

돌담에 속삭이는 햇발

김영랑

돌담에 속삭이는 햇발같이
풀 아래 웃음 짓는 샘물같이
내 마음 고요히 고운 봄길 위에
오늘 하루 하늘을 우러르고 싶다.

새악시 볼에 떠오는 부끄럼같이
시의 가슴에 살포시 젖는 물결같이
보드레한 에메랄드 얇게 흐르는
실비단 하늘을 바라보고 싶다.

1 이해

㈎와 ㈏의 공통점으로 알맞은 것은 무엇입니까? (　　　　)

① 비를 글감으로 쓴 시이다.
② 자연을 글감으로 쓴 시이다.
③ 비가 와서 즐거운 풍경을 보여 주는 시이다.
④ 하늘을 바라보고 싶은 마음이 드러나는 시이다.
⑤ 자연 속에서 편안히 지내고 싶은 마음을 담은 시이다.

붙임 딱지 붙여요.

2 이해

㉠이 비유하는 것은 무엇인지 ㈎에서 찾아 쓰세요. (　　　　　　　　　　　　)

3 추론

㉡과 ㉢의 공통점을 <u>두 가지</u> 고르세요. (　　　　)

① 공중에 떠 있다.
② 현실에서는 볼 수 없다.
③ 이쪽과 저쪽을 연결해 준다.
④ 잠시 나타났다가 금방 숨는다.
⑤ 비를 맞으면 무럭무럭 자란다.

4 추론

㈏에 나타난 비유하는 표현을 <u>잘못</u> 설명한 친구에 ○표 하세요.

(1)

'나'의 마음을
풀 아래에서 웃는 샘물에
빗대어 표현했어.

(2)

'나'의 마음을 새색시
볼에 떠오른 부끄러움에
빗대어 표현했어.

(3)

'나'의 마음을 시의
가슴에 살포시 젖는
물결에 빗대어 표현했어.

(4)

'나'의 마음을 보드라운
에메랄드에 빗대어
표현했어.

12 비유하는 표현의 효과 파악하기

★ 이 노랫말을 참고하여 관련 있는 두 대상을 선으로 이으세요.

원숭이 엉덩이는 빨개 / 빨가면 사과 / 사과는 맛있어
맛있으면 바나나 / 바나나는 길어 / 길면 기차
기차는 빨라 / 빠르면 비행기 / 비행기는 높아 / 높으면 백두산

① 

② 

③ 

(1) 빨갛다 (2) 맛있다 (3) 길다 (4) 빠르다 (5) 높다

④ 

⑤ 

⑥ 

주제 탐구

시에서는 특히 비유하는 표현이 많이 쓰입니다. 비유하는 표현이 익숙한 대상을 다른 대상에 빗대어 표현하면 새로운 느낌을 주기 때문입니다. 이때 두 대상 사이의 공통점을 바탕으로 '–은/는 –이다.'라고 표현하는 방법을 은유법이라고 합니다. 그리고 '~처럼, ~같이, ~듯이'와 같은 말을 사용해서 두 대상을 직접 견주어 표현하는 방법을 직유법이라고 합니다.

1 다음 낱말과 공통점을 가진 낱말을 보기 에서 찾아 빈칸에 쓰세요.

보기
참외 택시 아파트 장미 구급차 불 복숭아 강 빌딩 다리

(1) 빨갛다	원숭이 엉덩이, 사과, ( ), ( )
(2) 맛있다	사과, 바나나, ( ), ( )
(3) 길다	바나나, 기차, ( ), ( )
(4) 빠르다	기차, 비행기, ( ), ( )
(5) 높다	비행기, 백두산, ( ), ( )

2 보기 의 밑줄 친 부분을 참고하여 빈칸에 알맞은 표현을 쓰세요.

보기
- 사과는 빨갛다.
- 빨간 것은 내 볼이다.

➡ 사과같이 빨간 내 볼

(1)
- 하늘이 높다.
- 높은 것은 [ ] 이다.

➡ 하늘같이 높은 [ ]

(2)
- 기차가 빠르다.
- 빠른 것은 [ ] 이다.

➡ 기차같이 빠른 [ ]

유형 1 두 대상의 공통점 찾기

시에서 '나'와 '나'를 직접 견주어 빗댄 '찻숟갈'과의 공통점을 파악하는 문제입니다.

보얗고 '뽀얗고'를 시적으로 표현함.
쬐그만 '조그만'을 시적으로 표현함.
귀연 '귀여운'을 시적으로 표현함.

1 국어

'나'와 ㉠의 공통점이 아닌 것은 무엇입니까? (　　　)

찻숟갈

박목월

손님이 오시면
차를 낸다.
찻잔 옆에
따라 나오는
보얗고 쬐그만 귀연 찻숟갈.

"손님이 오시면
㉠찻숟갈처럼 얌전하게
내 옆에
앉아 있어."
아버지가 말씀하셨다.

"네, 아버지."
나는
대답도 찻숟갈처럼
얌전하게 했다.
보얗고 쬐그만 귀연 찻숟갈.

① 귀엽다.　② 뽀얗다.　③ 조그맣다.
④ 소리가 난다.　⑤ 큰 대상 곁에 있다.

2 이 시에서 ㉠을 빗대어 표현한 대상은 무엇인지 쓰세요.

국어

호수

정지용

얼굴 하나야
손바닥 둘로
폭 가리지만,

㉠보고 싶은 마음
호수만 하니
눈감을 밖에.

( )

유형 2 비유한 대상 찾기

시에서 ㉠의 특징을 파악하여 이를 빗대어 표현한 대상을 찾는 문제입니다.

3 글쓴이가 '나무'를 '나'에 빗대어 표현한 까닭으로 알맞지 않은 것은 무엇입니까? ( )

국어

나무

이창건

봄비 맞고
새순 트고

여름비 맞고
몸집 크고

가을비 맞고
생각에 잠긴다.

나무는
나처럼

① 시에서 말하는 내용을 쉽게 이해하게 하려고
② 나무가 성장하는 장면을 쉽게 떠올리게 하려고
③ 나무도 나처럼 생각하는 능력이 있다는 것을 알려 주려고
④ 나무가 어려움을 딛고 성장하는 모습을 실감나게 보여 주려고
⑤ 나무처럼 나도 어려움을 딛고 성장한다는 것을 새롭게 생각하게 하려고

유형 3 비유하는 표현의 효과 알기

시에서 익숙한 대상을 새롭게 생각해 보게 하는 비유하는 표현의 효과를 파악합니다.

●글의 종류 동시

●글의 특징 이 시는 자동차의 바퀴를 실뭉치에 비유하여 따뜻하고 평온한 자연의 풍경을 떠올리게 하는 시입니다.

●중심 내용

1, 4연 자동차 바퀴에 감긴 길을 동그란 실뭉치처럼 풀어 보고 싶음.

2연 자동차 바퀴에는 자연의 풍경이 담긴 길이 감겨 있음.

3연 자동차 바퀴를 과거로 돌려 어릴 적 아름다웠던 자연의 풍경과 누나가 웃던 모습을 만나고 싶음.

●낱말 풀이

머금고 삼키지 않고 입 속에 넣고만 있다고.

향내 향기로운 냄새.

바퀴를 보면 굴리고 싶다

오순택

㉠바퀴에 감긴 길을
㉡동그란 실뭉치 풀 듯
풀어 보고 싶다.

㉢추운 겨울 누나 목에 두른
목도리 같은
고속도로도 감겨 있고
고운 햇살 머금고
발그레 웃고 있는
코스모스 길도 감겨 있겠지.

바퀴를 뒤로 굴리면
동글동글한 실뭉치가
둘둘둘둘 풀리듯
고속도로 옆
그림처럼 펼쳐진 산과 들도
손잡고 따라 나오고
코스모스 발그레한 웃음도
향내 머금고 따라 나오겠지.

동그란 실뭉치 풀 듯
바퀴에 감긴 길을
둘둘둘둘 풀어 보고 싶다.

지문 ★★☆

낱말 ★☆☆

1 이 시에 대한 설명으로 알맞지 <u>않은</u> 것은 무엇입니까? (　　　　)

이해

① 비유적인 표현을 사용하였다.
② 모양을 흉내 내는 말을 사용하였다.
③ 자연의 풍경 사이로 뻗어 있는 길이 떠오른다.
④ 시 전체에서 차갑고 기계적인 분위기가 느껴진다.
⑤ 실뭉치가 풀리는 모양을 재미있고 실감나게 표현하였다.

3주 2일 학습 끝!

붙임 딱지 붙여요.

2 ㉠을 ㉡처럼 표현한 까닭을 알맞게 말한 친구에 ○표 하세요.

추론

(1) 둘 다 글쓴이가 좋아하는 것들이야.

(2) 둘 다 부드럽고 폭신폭신한 느낌을 가졌어.

(3) 둘 다 잘 굴러가는 특징이 있어.

3 이 시에서 ㉢이 비유한 대상은 무엇입니까? (　　　　)

추론

① 바퀴　　② 실뭉치　　③ 고속 도로
④ 발그레한 웃음　　⑤ 바퀴에 감긴 길

4 이 시를 읽고 난 생각이나 느낌으로 알맞지 <u>않은</u> 것의 기호를 쓰세요. (　　　　)

비판

㉮ 자동차 바퀴에 들어 있는 자연의 풍경이 떠올랐어.
㉯ 추운 겨울 누나가 했던 목도리 색깔이 궁금해졌어.
㉰ 자동차 바퀴를 실뭉치에 비유한 것이 새롭게 느껴졌어.
㉱ 생명이 없는 자동차 바퀴가 실뭉치처럼 따뜻하게 느껴져.

13 다양한 상황 속 속담 짐작하기

3주

★ 다음 속담의 자음자와 띄어쓰기를 보고 그 뜻을 선으로 이으세요.

(1) ㅁ ㅎㅁㄷ에 ㅊ ㄴ ㅂ도 ㄱㄴ다

(2) ㅂ ㅈ ㅈ도 ㅁ ㄷ면 ㄴ다

(3) ㄷㄷㄹ도 ㄷㄷㄱ ㅂ고 ㄱㄴㄹ

(4) 비 ㅇ ㄷ에 ㄸ이 ㄱㅇㅈ다

(5) ㄷㅈ ㅁ이 ㅇㄷ다

(6) 빛 ㅈㅇ ㄱㅅㄱ

① 가까이 있는 사람이나 일에 대해 오히려 잘 알기 어렵다.

② 아무리 쉬운 일이라도 여러 사람이 힘을 합하면 더 쉽다.

③ 겉만 그럴 듯하고 실속이 없다.

④ 말만 잘하면 어려운 일이나 불가능해 보이는 일도 해결할 수 있다.

⑤ 어떤 시련을 겪은 뒤에 더 강해진다.

⑥ 잘 아는 일이라도 세심하게 주의해야 한다.

주제 탐구

속담은 옛날부터 사람들의 입에서 입으로 전해 내려오는 말로, 조상의 지혜와 교훈이 담겨 있습니다. 그래서 속담을 사용하면 읽는 사람의 흥미를 불러일으켜 자신의 생각을 효과적으로 표현하고 상대를 쉽게 설득할 수 있습니다.

1 다음 상황에 어울리는 속담을 보기 에서 찾아 쓰세요.

보기

- 등잔 밑이 어둡다
- 돌다리도 두들겨 보고 건너라
- 백지장도 맞들면 낫다
- 말 한마디에 천 냥 빚도 갚는다

(1)

(2)

(3)

유형 1 상황에 어울리는 속담 짐작하기

글 속에 나타난 상황에 어울리는 속담을 짐작하는 문제입니다.

1 이 글과 관련 있는 속담은 무엇입니까? (   )

국어

어느 산골 마을에 밤마다 가축들이 자주 사라졌다. 마을 사람들은 숨어서 살펴보기로 했다. 깊은 밤이 되자 커다란 호랑이 한 마리가 나타나더니 가축을 물고 사라졌다. 다음 날 마을 사람들은 다시 모여 호랑이를 어떻게 잡을지 의논했다. 그러나 호랑이를 잡을 만큼 뾰족한 방법을 내는 사람이 없었다. 그때 한 사람이 나서며 말했다.

"호랑이는 낮에 잠을 자니 누가 동굴에 가서 잡아옵시다."

이 말을 듣고 누구 하나 나서는 사람이 없었다.

① 백지장도 맞들면 낫다.
② 고양이 목에 방울 단다.
③ 하룻강아지 범 무서운 줄 모른다.
④ 호랑이를 잡으려다가 토끼를 잡는다.
⑤ 호랑이에게 물려 가도 정신만 차리면 산다.

유형 2 속담을 사용할 수 있는 상황 짐작하기

글에서 사용한 속담의 뜻을 파악하여 속담을 사용할 수 있는 다른 상황을 찾는 문제입니다.

2 ㉠의 속담을 사용할 수 있는 상황에 ○표 하세요.

국어

혜민이는 동생에게 반장이 된 기념으로 떡볶이를 해 주겠다고 했다. 아빠와 엄마는 혜민이를 칭찬하신 다음 외출하셨다.

혜민이는 떡을 사 와서 요리하기 시작했다.

"떡볶이는 고추장 맛이지!"

그런데 혜민이는 아무리 찾아봐도 고추장이 없었다. 할 수 없이 혜민이는 저금통을 뜯어 고추장을 사서 떡볶이를 완성했다.

동생은 혜민이가 만들어 준 떡볶이를 맛있게 먹었다.

"떡 값보다 고추장 값이 더 들었으니 ㉠배보다 배꼽이 더 컸네! 그렇지만 누나가 해 준 떡볶이가 제일 맛있어!"

(1) 용돈을 모아 부모님 선물을 사 드렸던 상황 (   )
(2) 비빔밥에 나물을 많이 넣어서 나물이 밥보다 많아진 상황 (   )
(3) 운동장에서 놀이 규칙을 지키지 않다가 다쳐서 후회하는 상황 (   )

3 글쓴이가 ㉠의 속담을 쓴 까닭을 <u>두 가지</u> 고르세요. (　　　　)

국어

> 우리 속담에 ㉠'굶어 보아야 세상을 안다.'라는 말이 있다. '굶주릴 정도로 고생을 해 보아야 세상을 아는 지혜를 터득하게 된다.'는 말이다. 옛날에는 우리나라에도 굶주리는 사람이 많았다. 며칠을 굶으면 몸에 힘이 빠지고 으슬으슬 추위를 타기도 하며 신경이 날카로워진다. 그리고 후각도 예민해져서 멀리서 풍겨 오는 음식 냄새만으로 맛도 느낄 정도가 된다.
>
> 이 속담은 이렇게 실제로 굶주려 본 사람만이 세상살이가 얼마나 어려운지 알고 형편이 어려운 이웃의 마음을 헤아리고 돕는다는 뜻을 포함하고 있다. 그래서 세상살이의 어려움이나 다른 사람의 어려움에 대한 생각이나 주장을 나타낼 때 효과적으로 활용할 수 있다.

① 읽는 사람이 흥미를 느끼게 하려고
② 글의 주제를 좀더 재미있게 바꾸려고
③ 믿을 만한 사실이라는 것을 밝히려고
④ 자신의 생각을 효과적으로 드러내려고
⑤ 시대의 변화에 따라 다른 점을 알려 주려고

유형 3 속담을 사용하는 까닭 알기

글쓴이가 쓴 속담과 글의 내용을 바탕으로 글쓴이가 속담을 사용한 의도를 짐작하는 문제입니다.

터득하게 깊이 생각하여 이치를 깨달아 알아내게.

4 ㉠과 바꾸어 쓸 수 있는 속담에 ○표 하세요.

국어

> 어느 부잣집 고양이가 쥐들이 음식을 축내는 것을 못마땅하게 여겼다. 그래서 쥐들이 밖으로 나오지 못하게 커다란 돌덩이로 쥐구멍을 막았다.
>
> 졸지에 통로가 막힌 쥐들은 앞날이 캄캄했다.
>
> "앞도 안 보이고 양식도 가져올 수 없으니 우린 이제 끝이야!"
>
> 겁쟁이 쥐가 말하자 한 용감한 쥐가 말했다.
>
> ㉠"백지장도 맞들면 낫다잖아. 우리 힘을 모아 보자!"
>
> 쥐들은 날마다 시간을 정해 돌덩이를 조금씩 밀어냈다. 그리고 결국 돌덩이를 치우고 밝은 햇빛과 양식을 얻을 수 있었다.

(1) 하나를 보면 열을 안다. (　　　)
(2) 종이도 네 귀를 들어야 바르다. (　　　)
(3) 사공이 많으면 배가 산으로 간다. (　　　)

유형 4 뜻이 비슷한 속담 짐작하기

협동의 중요성을 강조한 속담 ㉠의 뜻을 파악하여 비슷한 속담을 찾습니다.

축내는 일정한 수나 양에서 모자람이 생기게 하는.
졸지에 갑작스러운 사태의 형편에.

 ★ 글쓴이가 속담을 사용한 까닭을 짐작하며 읽어 보세요.

●**글의 종류** 논설문

●**글의 특징** 이 글은 좋은 친구의 조건과 좋은 친구를 사귀는 방법에 대해 말하며 좋은 친구를 사귀어야 한다는 주장을 밝힌 글입니다.

●**중심 내용**
(가) 좋은 친구가 무엇이고 좋은 친구를 사귀려면 어떻게 해야 할지 생각해 보기로 함.
(나) 친구 관계는 긍정적인 영향과 부정적인 영향을 모두 줄 수 있어 청소년기에 좋은 친구를 사귀는 일은 매우 중요함.
(다) 좋은 친구는 서로에게 긍정적인 영향을 주고받으며 마음을 알아줌.
(라) 좋은 친구를 사귀려면 솔직한 마음을 나누고 친구를 위해 희생할 줄 알아야 함.
(마) 좋은 친구를 사귀려면 스스로 좋은 친구가 되기 위해 노력해야 함.

●**낱말 풀이**
절대적인 아무런 조건이나 제약이 붙지 않는.
사회성 사회생활을 하려고 하는 인간의 근본 성질.

지문 ★★☆
낱말 ★☆☆

(가) 우리 속담에 ㉠'친구 따라 강남 간다'라는 말이 있다. 자신은 하고 싶지 않은 일을 친구에게 이끌려 덩달아 하게 되는 상황을 이르는 말이다. 이 속담처럼 친구는 가족 다음으로 절대적인 영향을 미친다. 그렇다면 좋은 친구는 무엇이고 좋은 친구를 사귀려면 어떻게 해야 할지 깊이 생각해 볼 필요가 있다.

(나) 인생의 모든 시기에 친구가 중요하지만 청소년기에는 특히 친구와의 관계가 중요하다. 친구 관계가 좋으면 사회성 발달에 좋은 영향을 끼치기 때문이다. 친구와 의견이 맞지 않을 때 이를 해결하면서 자신과 다른 생각을 가진 친구의 마음을 이해하는 법을 배우게 된다.

반면 못된 친구의 권유로 나쁜 습관이나 행동에 빠지거나 친구들에게 무시당하여 우울증을 보일 수도 있다. 때문에 좋은 친구를 사귀는 일은 청소년기에 가장 중요한 일이다.

(다) 좋은 친구는 서로 긍정적인 영향을 주고받는다. 좋은 친구 사이는 진심 어린 조언과 충고를 주고받으며 서로의 장점을 본받고 단점을 고치게 한다. ㉡그 예로 거문고의 달인이었던 백아와 그 친구 종자기를 들 수 있다. 백아는 그 소리를 듣고 조언을 해 주는 종자기가 있어서 아름다운 연주를 할 수 있었다고 한다.

또, 좋은 친구는 서로의 마음을 알아준다. ㉢항상 곁에 있으면서 친구의 마음을 살피고 친구가 도와 달라고 말하지 않아도 친구가 도움이 필요할 때 나서서 도와준다. 모두가 친구의 잘못을 비난할 때도 비난하지 않고 상처받은 친구의 마음을 감싸주며 친구의 이야기에 귀를 기울일 줄 아는 것이 좋은 친구이다.

(라) 이런 좋은 친구를 사귀려면 첫째, 달콤한 말이나 선물이 아니라 솔직한 마음을 나누어야 한다. 진심으로 상대방의 입장에서 생각하고 조언한다면 누구든 고마운 마음을 가질 수밖에 없다. 둘째, 친구에게 힘든 일이 생겼을 때 친구를 위해 희생할 줄 알아야 한다. 평소에는 친하게 지내다가 어려움에 처했을 때는 외면해 버린다면 상대방은 큰 실망을 할 수밖에 없다.

(마) 주변을 둘러보면 친한 친구는 많지만 좋은 친구는 많지 않다. 그만큼 좋은 친구를 만드는 일은 쉽지 않다. 내가 먼저 솔직한 마음을 나누고 친구를 위해 희생할 줄 알아야 좋은 친구를 얻을 수 있다. 스스로 좋은 친구가 되어 좋은 친구를 사귀어야 한다.

붙임 딱지 붙여요.

1 이해

이 글의 주장으로 알맞은 것은 무엇입니까? (　　　)

① 좋은 친구를 사귀어야 한다.
② 좋은 친구의 조건을 파악해야 한다.
③ 스스로 좋은 친구가 되려고 노력해야 한다.
④ 좋은 친구는 청소년기에 절대적인 영향을 미친다.
⑤ 좋은 친구가 되어 긍정적인 영향을 주고받아야 한다.

2 추론

글쓴이가 ㉠의 속담을 사용한 까닭으로 알맞은 것을 골라 기호를 쓰세요.

㉮ 조상의 지혜와 슬기를 알려 주려고
㉯ 읽는 사람에게 흥미를 느끼게 하려고
㉰ 자신의 주장을 뒷받침하는 근거로 사용하려고

(　　　　　)

3 추론

㉡의 예가 뒷받침하는 근거로 알맞은 것은 무엇입니까? (　　　)

① 좋은 친구는 솔직한 마음을 나눈다.
② 좋은 친구는 서로의 마음을 알아준다.
③ 좋은 친구는 친구를 위해 희생할 줄 안다.
④ 좋은 친구는 친구가 도움이 필요할 때 도와준다.
⑤ 좋은 친구는 서로에게 긍정적인 영향을 주고받는다.

4 문제해결

㉢의 상황에 어울리는 속담을 말한 친구에 ○표 하세요.

(1) '소 잃고 외양간 고친다'는 속담이 어울려.

(2) '바늘 가는 데 실 간다'는 속담이 어울려.

(3) '세 살 적 버릇 여든까지 간다'는 속담이 어울려.

14 내용을 추론하며 읽기

3주

★ 이 광고에서 추론한 내용을 알맞게 말한 친구를 모두 찾아 ○표 하세요.

주제 탐구

이미 아는 정보를 근거로 다른 판단을 이끌어 내는 것을 '추론'이라고 합니다. 글을 읽을 때 배경지식을 떠올리거나 여러 가지 상황을 생각하면서 생략된 내용, 주제, 글쓴이의 의도 등 드러나지 않은 내용을 짐작하면 내용이나 상황을 좀 더 깊게 이해할 수 있습니다.

1 **광고의 내용과 그 내용에서 추론할 수 있는 사실을 보기 에서 골라 빈칸에 쓰세요.**

보기

자연 지구 온난화 자동차 발

(1) 자동차 배기가스는 지구 온난화의 원인이 됩니다.	➡	자동차에서 나오는 배기가스는 ( )을/를 일으킨다.
(2) 가까운 거리는 걷거나, 자전거를 이용해 보세요!	➡	가까운 거리를 이동할 때 ( )을/를 타고 다니는 사람이 많다.
(3) 자연을 지키고, 지구의 건강도 지킬 수 있답니다.	➡	우리가 ( )(으)로 걸어다니는 습관을 가지면 ( )도 훼손되지 않고 몸도 건강해진다.
(4) 당신의 작은 실천으로 지구 온난화를 막을 수 있습니다.	➡	우리가 걷거나 대중교통을 이용하면 ( )을/를 막을 수 있다.

2 **다음 낱말 뜻을 참고하여 둘 중 알맞은 말을 골라 ○표 하세요.**

발견 미처 찾아내지 못하였거나 아직 알려지지 않은 사물이나 현상, 사실을 찾아냄.

• 이 광고에서 '발견'은 '자동차 대신 사람의 발로 걸어다니면 (**지구 / 자동차**)의 건강을 지킬 수 있다는 사실을 찾아냈다.'는 뜻으로 쓰였다. 또 '발견'은 '발을 다시 새롭게 (**걷다 / 보다**)'라는 뜻도 담고 있다.

유형 1 뒷이야기 추론하기

이야기에 나타난 내용을 바탕으로 하여 이어질 이야기의 내용을 추론하는 문제입니다.

1 이 글의 빈칸에 들어갈 내용으로 알맞은 것은 무엇입니까? ( )

국어

제비 한 마리가 행복한 왕자라고 불리는 동상 아래 내려앉았다. 얼마 뒤 제비의 머리 위로 물방울이 떨어지자 몸을 피하려 동상 위로 날아올랐다. 그때 제비는 동상의 눈에서 눈물이 떨어지는 것을 보았다.

"왕자님은 행복한 왕자라면서 왜 그렇게 눈물을 흘리세요?"

"그건 내가 여기서 불쌍한 사람들을 볼 때마다 슬퍼서 그런 거야. 내 몸을 내어 주고서라도 그들을 돕고 싶은데 움직일 수가 없어. 흑흑."

행복한 왕자의 슬픈 모습을 본 제비는 마음이 약해졌다.

얼마 뒤, [   ]

오스카 와일드, 「행복한 왕자」

① 제비가 남쪽으로 떠났다.
② 제비가 새로운 둥지를 찾았다.
③ 제비가 왕자와 친구가 되었다.
④ 제비가 왕자를 움직일 수 있도록 해 주었다.
⑤ 제비가 왕자를 대신해 불쌍한 사람을 도와주었다.

유형 2 이야기에서 생략된 내용 추론하기

이야기 속에 나타난 사건의 결과를 바탕으로 원인을 추론합니다.

2 이 글의 빈칸에 들어갈 내용으로 알맞지 <u>않은</u> 것에 ○표 하세요.

국어

아침에 엄마가 학교에 가는 다솜이에게 우산을 건네며 말씀하셨다.

"다솜아, 일기 예보에서 비가 온다고 했으니까 우산 챙겨 가라."

다솜이는 우산을 가져가면 새로 산 머리띠가 잘 보이지 않을 것 같은 생각이 들었다.

[   ]

다솜이는 물에 빠진 생쥐 꼴이 되어 교실에 도착했다.

(1) 다솜은 우산을 가져가지 않았다. ( )
(2) 갑자기 장대비가 폭풍같이 쏟아졌다. ( )
(3) 다솜이 학교까지 느릿느릿 걸어갔다. ( )

3 이 글에 나타난 글쓴이의 생각으로 알맞은 것은 무엇입니까? (　　　)

사회

인류가 현재 사용하고 있는 연료는 대부분 화석 연료이다. 석유, 석탄, 천연가스로 대표되는 화석 연료는 만들어지기까지 오랜 시간이 걸리고 연소할 때 발생하는 이산화 탄소가 지구 환경을 오염시킨다.

산업이 발달하고 생활 수준이 높아지면서 옛날에는 100년 동안 사용할 양의 화석 연료를 불과 1년 안에 쓰고 있다. 전 세계에 남은 화석 연료도 석유가 약 40년, 석탄이 약 230년, 천연가스는 약 60년 정도라고 한다.

그래서 인류는 화석 연료를 대체할 만한 다양한 자원을 개발하고 있지만 아직까지 확실한 대안을 마련하지 못하고 있다.

① 화석 연료를 아껴 써야 한다.
② 화석 연료를 좀 더 개발해야 한다.
③ 화석 연료의 사용을 줄이고 대체 연료를 개발해야 한다.
④ 환경 오염을 일으키지 않는 화석 연료를 만들어야 한다.
⑤ 화석 연료는 환경 오염을 일으키기 때문에 당장 없애야 한다.

유형 3 글쓴이의 의도와 관점 추론하기
글쓴이의 입장과 글을 쓴 의도를 파악하여 관점을 추론합니다.

대체할 다른 것으로 자리나 구실을 새로 바꿀.
대안 어떤 일에 대처할 방안을 뜻함.

4 ㉠을 읽고 추론한 내용으로 알맞지 않은 것에 ○표 하세요.

실과

㉠우리나라의 전통 농기구 호미가 외국 쇼핑몰에서 큰 인기를 누리고 있다. 농촌에서 밭을 고를 때 쓰는 호미는 외국에서 정원을 꾸밀 때 다양한 작업을 할 수 있는 도구로 유명하다. 씨를 뿌릴 땅 파기, 흙 고르기, 잡초 뽑기 등 화단을 관리할 때 반드시 필요한 도구로 입소문이 났다. 최근 계속되고 있는 한류 열풍과 더불어 우리나라 농기구의 인기는 계속될 것으로 보인다.

(1) 외국 사람들은 정원 가꾸기를 좋아한다. (　　　)
(2) 우리나라의 호미가 외국에 수출되고 있다. (　　　)
(3) 외국에서는 정원을 가꿀 때 도구를 사용하지 않았다. (　　　)
(4) 호미는 다양한 정원 가꾸기 작업을 할 때 쓸모가 많다. (　　　)

유형 4 글의 특정 부분에서 내용 추론하기
글에서 알 수 있는 사실을 바탕으로 추론한 내용을 파악하는 문제입니다.

●**글의 종류** 논설문

●**글의 특징** 이 글은 해외에 불법으로 운반된 우리 문화재에 대해 알아보고 정부와 국민이 힘과 지혜를 모아 문화재를 환수하자고 주장하는 글입니다.

●**중심 내용**
(가) 우리나라의 문화재 17만여 점이 해외로 나가 돌아오지 못하고 있음.
(나) 약탈한 나라에서 문화재 반환을 꺼리고 있음.
(다) 개인이 가진 문화재는 있는 곳을 정확히 찾기 어려움.
(라) 우리 정부는 프랑스 정부와 끈질긴 협상 끝에 외규장각 『의궤』를 돌려받았음.
(마) 우리 문화재를 지켜 내려는 노력은 민간에서 더 활발하게 벌어짐.
(바) 문화재를 지켜 내려면 정부와 민간이 함께 힘과 지혜를 모아야 함.

●**낱말 풀이**
무차별적으로 차별하거나 가리지 않고 마구잡이로.
사명감 주어진 임무를 잘 수행하려는 마음가짐.
환수 도로 거두어들임.
약탈한 폭력을 써서 남의 것을 억지로 빼앗은.
영구 임대 시간을 정하지 않고 계속 빌려줌.
민간 관청이나 정부 기관에 속하지 않음.
거부 부자 가운데에서도 특히 큰 부자.

지문 ★★★
낱말 ★★☆

(가) 오천 년 역사의 증거가 되는 많은 문화재가 해외로 나가 돌아오지 못하고 있다. 임진왜란과 일제 강점기, 한국 전쟁을 거치는 사이 소중한 우리 문화재 17만여 점이 무차별적으로 해외로 나갔다. 불법으로 운반된 문화재를 다시 찾아와야 하는 것은 우리 후손들의 과제지만, 복잡한 국제 이해 관계 속에서 문화재를 거두어들이는 일은 후손의 사명감만으로 해결할 수 없다. 먼저 해외 문화재 환수 문제에 대해 차분하게 알아보자.

(나) 해외에 불법적으로 운반된 문화재를 도로 거두어들이지 못하는 까닭은 크게 두 가지이다. 하나는 약탈한 나라에서 문화재를 다시 돌려주는 일을 꺼리기 때문이다. 유네스코 협약에서는 약탈한 문화재를 해당 국가에 돌려주어야 한다고 규정했지만 강제성이 없다. 이런 한계를 극복하려고 유니드로와 조약이 만들어졌지만 여전히 약탈당한 나라가 문화재를 약탈당했다는 증거를 제출해야 한다. ㉠우리나라의 경우 이와 관련한 자료가 거의 남아 있지 않아 증거를 찾는 것부터 어려움을 겪고 있다.

(다) 또 해외 문화재가 개인이 가진 문화재인 경우 있는 곳을 정확히 찾을 수 없다. 만약 법이 정한 절차에 따라 문화재를 샀다면 문화재가 있는 장소를 찾더라도 재산권 문제로 강제로 되찾아올 수 없다.

(라) 2010년 우리 정부는 프랑스 정부와 끈질긴 협상 끝에 외규장각 『의궤』를 영구 임대 방식으로 돌려받았다. 그러나 이런 노력에도 불구하고 구텐베르크의 금속 활자보다 100년 앞섰다는 『직지심체요절』은 아직까지 프랑스 국립 도서관에서 돌아오지 못하고 있다.

(마) 우리 문화재를 지켜 내려는 노력은 민간에서 더 활발하다. 일제 강점기 때 조선의 거부였던 전형필은 자신의 전 재산을 들여 일본에게서 신윤복의 「미인도」와 「단오풍정」, 『훈민정음 해례본』 등 우리나라의 문화재를 지켜 냈다. 오늘날 전형필의 뜻을 잇는 민간 단체나 기업, 개인들도 해외 문화재 환수에 힘을 보태고 있다.

(바) 조상의 삶과 얼이 담긴 문화재는 우리나라의 자존심이다. 문화재를 지켜 내려면 정부와 민간이 함께 힘과 지혜를 모아야 한다. 무엇보다 불법 유출된 해외 문화재가 어디에 있는지, 어떤 경로로 나가게 되었는지 연구하고 정확한 자료를 모으는 일이 시급하다. 그리고 한 점의 문화재를 되찾는 데는 엄청난 시간과 노력이 필요한 만큼 우리 국민 모두가 꾸준한 관심을 가져야 한다.

1 이 글의 내용으로 알맞지 않은 것은 무엇입니까? (   )

이해

① 해외에 흩어져 있는 우리 문화재가 많다.
② 전형필은 일제 강점기에 우리 문화재를 지켜 냈다.
③ 약탈한 문화재가 있는 곳을 찾아내면 돌려받을 수 있다.
④ 우리 정부는 프랑스에서 외규장각『의궤』를 돌려받았다.
⑤ 국제법상 약탈당한 나라가 약탈당했다는 증거를 제출해야 한다.

3주 4일 학습 끝!

붙임 딱지 붙여요.

2 다음은 우리나라가 해외 문화재를 환수하지 못하는 까닭이에요. 빈칸에 알맞은 말을 찾아 쓰세요.

이해

(1) 약탈한 나라에서 [   ] 을/를 꺼리기 때문이다.

(2) 개인이 가진 문화재는 [   ] 을/를 정확히 찾을 수 없기 때문이다.

3 ㉠을 바탕으로 추론할 수 있는 사실은 무엇입니까? (   )

추론

① 우리나라는 역사적으로 늘 평온했다.
② 문화재 관련 자료들을 모두 해외에 안전하게 보관했다.
③ 우리나라는 원래 문화재와 관련한 기록을 남기지 않았다.
④ 해외 문화재들은 우리나라에서 만들어지지 않은 것들이다.
⑤ 역사적으로 혼란한 시기에 문화재 관련 자료들이 불타거나 사라졌다.

4 글쓴이의 관점과 다른 친구를 골라 ○표 하세요.

문제해결

15 인물이 추구하는 가치 파악하기

3주

★ 다음 장면에서 짐작할 수 있는 인물의 생각에 색칠하세요.

(1)

① 아버지와 만나서 기쁨.	② 아버지를 아버지라고 부를 수 없어 슬픔.	③ 아버지가 꾸중하여 속상함.	④ 아버지가 있어서 행복함.

(2)

① 형편이 어려운 사람을 보고 속상함.	② 재물을 좋은 곳에 써서 뿌듯함.	③ 어려운 사람을 도와줄 수 없어 미안함.	④ 용기 있게 행동한 자신이 자랑스러움.

주제 탐구

이야기에는 인물이 추구하는 가치가 드러나 있습니다. 인물이 추구하는 가치는 인물이 처한 상황에서 인물이 한 말과 행동을 보면 짐작할 수 있습니다. 또, 인물이 처한 상황에서 그렇게 말하고 행동한 까닭을 생각해 보면 인물이 추구하는 가치를 알 수 있습니다.

1 왼쪽을 참고하여 다음 장면에서 인물이 처한 상황으로 알맞은 것에 ○표 하세요.

(1)

① 아버지와 어머니가 없었다. ( )
② 아버지와 사이가 좋지 않았다. ( )
③ 아버지를 아버지라고 부를 수 없었다. ( )

(2)

① 농사짓는 백성들이 많았다. ( )
② 형편이 어려운 백성들이 많았다. ( )
③ 못된 관리들이 재물을 빼앗지 않았다. ( )

2 〈문제 1번〉에서 찾은 처한 상황을 쓰고, 빈칸에 알맞은 낱말을 보기에서 찾아 쓰세요.

보기

행복한 평등한 꾸준한

〈홍길동과 아버지의 대화 장면〉

(1) 처한 상황		인물의 말
		저는 대감의 아들이지만, 아버지를 아버지라고 부르지 못합니다. 그 서러운 마음에 잠이 오지 않습니다.
(2) 추구하는 가치	신분이 사라지고 사람이 모두 ( ) 세상을 추구한다.	

〈홍길동이 어려운 백성들을 돕는 장면〉

(3) 처한 상황		인물의 말
		못된 관리들이 빼앗아 간 재물을 다시 나누어 주길 잘했어.
(4) 추구하는 가치	못된 관리들이 벌을 받고 못된 관리들에게 고통받는 백성들이 모두 ( ) 세상을 추구한다.	

유형 1 글쓴이가 처한 상황 파악하기

글 속에 드러난 글쓴이가 처한 상황을 찾습니다. 글쓴이가 깊은 밤에 혼자 수루에 오른 까닭을 짐작합니다.

수루 적군의 동정을 살피려고 성 위에 만든 누각.

1 이 시에서 글쓴이가 처한 상황으로 알맞은 것은 무엇입니까? (　　　)

국어

한산섬 달 밝은 밤에 수루에 혼자 앉아서
큰 칼을 옆에 차고 다가올 큰 싸움을 앞에 두고 깊은 시름 하는 때에
어디선가 들려오는 한 가닥의 피리소리는 남의 마음을 아프게 하는구나.

이순신, 「한산섬 달 밝은 밤에」

① 한산섬에서 일어날 싸움을 두려워하고 있다.
② 일어날 싸움을 앞두고 나라를 걱정하고 있다.
③ 싸움 중에 혼자 적군을 발견하여 걱정하고 있다.
④ 한밤중에 시끄러운 피리 소리에 괴로워하고 있다.
⑤ 피리 소리 때문에 시끄러울 사람들을 걱정하고 있다.

유형 2 인물이 추구하는 가치 찾기

인물이 추구하는 가치를 짐작하여 파악하는 문제입니다.

문전 박대 찾아온 사람을 문 앞에서 아무렇게나 대접함.

2 스크루지가 추구하는 가치는 무엇입니까? (　　　)

국어

스크루지는 악착같이 돈을 모으기만 할 뿐 쓰는 법이 없었다. 형편이 어려운 사람들이 돈을 빌려 달라고 해도 문전 박대를 할 따름이었다. 모든 사람이 이런 스크루지를 싫어했고, 지나가던 개마저 그를 피했다.

7년 전에 스크루지의 동업자이자 유일한 친구인 말리가 세상을 떠났을 때도 그랬다. 말리는 스크루지에게 모든 재산을 남겼다. 그런데 스크루지는 그의 죽음을 슬퍼하기는커녕 그의 재산이 자기 것이 된 것부터 기뻐했다.

찰스 디킨스, 『크리스마스 캐럴』

① 용기 있는 삶을 추구한다.
② 사람보다 돈을 중요하게 여긴다.
③ 다른 사람을 돕는 삶을 추구한다.
④ 어떤 고난도 포기하지 않고 극복하려고 한다.
⑤ 인생의 목표를 이루기 위해 절약하는 것을 중요하게 여긴다.

3 '윤석중'이 추구하는 가치가 가장 잘 나타난 부분을 골라 기호를 쓰세요.

국어

㉠윤석중은 '오월은 어린이날 우리들 세상'이라는 노랫말로 유명한 동요 「어린이날」을 포함해 수많은 동요의 노랫말을 지은 한국 동요의 아버지이다. ㉡윤석중은 힘든 시대를 사는 당시의 어린이들이 슬프고 단조로운 동요를 부르는 것이 마음에 걸렸다.

㉢'어린이가 밝게 자라야 나라의 미래도 밝을 텐데…….'

㉣윤석중은 이때부터 팔을 걷어붙이고 어린이에게 꿈과 희망을 주는 밝고, 자유롭고, 리듬감 있는 노랫말을 지었다. 그로 인해 우리나라 노랫말의 수준이 한층 높아지고 다양해졌다는 평가를 받았다.

( )

유형 3 글쓴이의 가치가 드러난 부분 찾기

인물의 말과 행동, 생각을 살펴보고 글쓴이의 가치가 가장 잘 드러난 부분을 찾습니다.

4 큰아들이 동생들과 다리를 놓은 까닭은 무엇입니까? ( )

국어

옛날 아들 일곱 형제를 둔 홀어머니가 있었어요. 어머니는 돈을 벌기 위해 날마다 아침 일찍 일하러 나가서 밤늦게 돌아왔어요.

어느 날 큰아들이 몰래 어머니의 뒤를 따라갔어요. 어머니는 다리도 없는 냇물을 건너면서 옷이 흠뻑 젖었어요.

"어머니가 저렇게까지 고생하시다니……. 병이라도 나시면 어쩌지? 어머니를 도울 방법을 찾아봐야겠어."

큰아들은 매일 고생하시는 어머니의 모습이 안타까웠어요. 그래서 고민 끝에 어머니 몰래 동생들과 함께 다리를 놓았어요. 갑자기 생겨난 다리를 본 어머니는 눈시울을 붉혔어요.

"하느님, 이 다리를 놓은 사람이 죽어서도 별이 되게 도와주소서."

일곱 형제들은 죽은 뒤 징검다리 같은 북두칠성이 되었어요.

① 죽은 뒤 별이 되고 싶어서
② 어머니의 기도가 듣고 싶어서
③ 동생들이 다리를 놓자고 말해서
④ 매일 고생하시는 어머니가 안타까워서
⑤ 어머니가 다리를 놓아 달라고 부탁하셔서

유형 4 인물이 처한 상황에서 행동한 까닭 찾기

이야기를 읽고 인물이 처한 상황에서 말하고 행동한 까닭을 찾습니다

●**글의 종류** 전기문

●**글의 특징** 이 글은 파바로티가 꾸준한 연습과 준비된 자세로 성악가로서 성공한 일을 다룬 전기문입니다.

●**낱말 풀이**
옥타브 낮은 도에서 높은 도까지의 음.
기립 박수 자리에서 일어나서 힘차게 치는 박수.
오선지 악보를 그릴 수 있도록 오선을 그은 종이.
아마추어 예술이나 스포츠, 기술 따위를 취미로 삼아 즐겨 하는 사람.
배역 배우에게 역할을 나누어 맡기는 일. 또는 그 역할.

"파바로티는 대단해! 모든 노래를 소화할 수 있어!"

"우아, 정말 하늘이 내린 목소리야! 옥타브를 이렇게 자유롭게 넘나들다니!"

오페라 하우스를 꽉 채운 관객들이 내 공연에 기립 박수를 보내고 있어. 나는 세계 최고의 성악가라고 불리는 파바로티란다. 다들 내가 태어날 때부터 재능을 타고 나서 이런 말을 듣는다고 생각하겠지? ㉠사실 내가 처음부터 성악에 재능이 있었던 것은 아니야. 어린 시절 부모님은 가난한 집안 형편에 돈을 버느라 바쁘셨고 나는 부모님 대신 유모와 지내는 시간이 많았어. 성악을 좋아했던 유모는 내게 오선지 대신 가슴으로 음악을 받아들이는 법을 가르쳐 주었어.

소년이 되고 어른이 되어 가면서 나는 음악을 잊고 살았어. 교사, 보험 판매원 등과 같은 일을 하며 음악과는 거리가 먼 생활을 했지. 그러다가 아마추어 성악가였던 아버지의 권유로 이탈리아 합창단과 시립 오페라단에 들어갔어. ㉡이 일을 하면서 내가 얼마나 음악을 사랑하는지 비로소 깨닫게 되었지.

하지만 내가 음악의 세계에 발을 내딛는 과정은 험난했어. 오페라의 주인공이 되고 싶었지만 나에게는 좀처럼 기회가 오지 않았단다. 나는 무대에 우뚝 설 날을 기대하며 매일매일 연습을 이어 나갔어.

그러던 어느 날 나에게도 기회가 찾아왔어. 오페라의 주연 가수가 탄 비행기가 늦어지는 바람에 공연이 취소될 위기에 놓인 거야. 그때 내가 주인공을 맡게 되었지. ㉢나는 내 배역을 연습하면서 주인공이 부르는 노랫말까지 모두 외웠거든. 결과는 최고였어. 무대에서 관객에게 완벽한 내 모습을 보여 주고 싶었던 꿈이 이루어진 거야.

그 뒤로 나는 세계적인 지휘자인 카라얀과 공연하고, 도밍고와 카레라스 같은 유명한 테너 가수와도 함께 공연을 펼치면서 40년 동안 쉬지 않고 노래를 불렀어.

내 실력은 이름난 학교에서 배우거나 유명한 사람들과 공연해서 길러진 것이 아니야. ㉣내가 어릴 적부터 가졌던 꿈을 잊지 않고 매 순간 준비하면서 연습한 결과야. ㉤나는 무대에 처음 홀로 선 순간을 잊지 않으려고 노력해. 그래서 매일 눈썹과 수염을 다듬고, 스카프를 두르며 공연 때 땀을 닦기 위한 하얀 손수건을 꼭 챙겨 둔단다.

꾸준한 연습과 준비된 자세, 이것이 내 성공의 비결이야.

지문 ★☆☆

낱말 ★☆☆

1 이 글의 내용으로 알맞지 않은 것은 무엇입니까? (　　　　)

이해

① 파바로티는 세계 최고의 성악가로 불렸다.
② 파바로티는 세계적인 음악가들과 공연했다.
③ 파바로티는 태어날 때부터 성악에 재능을 보였다.
④ 파바로티는 어려운 가정에서 태어나 유모의 손에 자랐다.
⑤ 파바로티의 유모는 파바로티에게 가슴으로 음악을 받아들이게 했다.

붙임 딱지 붙여요.

2 파바로티가 추구하는 가치가 드러나지 않은 부분은 어디입니까? (　　　　)

추론

① ㉠　② ㉡　③ ㉢　④ ㉣　⑤ ㉤

3 ㉮~㉱ 중 파바로티가 성공의 비결로 꼽은 두 가지를 골라 기호를 쓰세요.

추론

㉮ 타고난 재능	㉯ 꾸준한 연습
㉰ 준비된 자세	㉱ 악보를 보는 능력

(　　　　　　　　)

4 파바로티의 삶이 나에게 던지는 질문을 알맞게 말한 친구에 ○표 하세요.

문제해결

(1) 어떤 꿈을 가지는 것이 좋을지 부모님께 여쭈어봐야겠어.

(2) 내 꿈을 위해 노력하고 있는지 스스로에게 물어봐야겠어.

(3) 꿈이 계속해서 바뀌고 있으니 어른이 된 다음에 질문해야겠어.

독해 플러스 3주

과학의 원리를 알려 주는 속담

우리 조상들은 계절을 24절기로 나누었는데, 그중 처서는 8월 23일 무렵이에요. 처서가 지나면 모기가 줄어들어요. 모기는 주변 온도에 따라 몸 온도가 변해서 날씨가 선선해지면 제대로 활동할 수 없거든요. 이를 '처서가 지나면 모기 입이 비뚤어진다.'라고 재미나게 표현한 거예요.

과학의 원리를 알려 주는 속담

- **눈발이 잘면 춥다** 눈은 온도에 따라 모양이 달라지는데, 온도가 낮을 때는 가루눈이 내리고 온도가 높을 때는 함박눈이 내려요. 따라서 눈발이 잔 가루눈이 내리면, 곧 찬 공기가 내려와 추워질 것이라고 짐작할 수 있어요.
- **바늘구멍으로 황소바람 들어온다** 추울 때에는 바늘구멍처럼 작은 구멍으로도 엄청나게 센 찬 바람이 들어온다는 뜻이에요. 실제로 액체나 기체는 좁은 통로를 지날 때 속력이 빨라지지요.
- **낙숫물이 댓돌을 뚫는다** 작은 물방울도 끊임없이 떨어지면 단단한 돌에 구멍을 낼 수 있어요. 적은 노력이라도 끊임없이 계속하면 큰일을 이룰 수 있다는 뜻이에요.
- **짙은 안개가 끼면 사흘 안에 비가 온다** 짙은 안개는 대기 중에 수분의 양이 늘어나서 생기는 현상이에요. 그러니 짙은 안개가 생기면 비가 올 확률이 높아지지요.
- **제비가 낮게 날면 비가 온다** 제비의 먹이가 되는 곤충은 대기 중에 습기가 많으면 땅 가까이 내려와 날아요. 따라서 제비도 먹이를 따라 낮게 날지요.

1 보기의 과학적 원리와 관련 있는 속담에 ○표 하세요.

보기

액체나 기체가 좁은 통로를 지날 때 속력이 빨라진다.

(1) 황소 얼음판 걷듯 (　　)
(2) 바늘 가는 데 실 간다 (　　)
(3) 바늘 도둑이 소도둑 된다 (　　)
(4) 바늘구멍으로 황소바람 들어온다 (　　)

2 다음 빈칸에 공통으로 들어갈 낱말을 쓰세요.

- 제비가 낮게 나는 것을 보니, 곧 ☐이/가 오겠어.
- 짙은 안개가 낀 것을 보니, 조만간 ☐이/가 내리겠군.

(　　　　　　)

이번 주 나의 독해력은?	
	이번 주 학습을 모두 끝마쳤나요?
	비유하는 표현을 파악할 수 있나요?
	인물이 추구하는 가치를 파악할 수 있나요?

정답 1. (4) ○ 2. 비

PART 3

문제해결 독해

글에서 감동적인 부분을 찾아 글쓴이의 마음에 공감하고
글을 읽고 난 감동을 표현하며 읽어요.
또, 여러 글에 나타난 다양한 문제 상황과 해결 방법을
나의 생활에 적용하며 창의적으로 읽는 방법을 배워요.

contents

인물이 추구하는 가치와 자신의 삶 관련짓기

★ 다음 장면에서 인물이 추구하는 가치를 알맞게 말한 친구에 ○표 하세요.

(1) 자식은 부모님의 말씀을 잘 따라야 해.

(2) 낳아 주신 부모님께 효도하는 것은 자식의 도리야.

(3) 부모는 자식이 잘되기만을 바라시므로, 내가 행복하게 살아야 해.

주제 탐구

이야기에서 인물이 추구하는 다양한 가치를 통해 나의 삶을 되돌아볼 수 있습니다. 인물이 추구하는 가치를 자신의 삶과 관련지으려면 먼저 이야기와 관련한 자신의 경험을 생각합니다. 인물과 자신의 삶을 비교하면서 느낀 점을 생각해 보고, 자신이 처한 문제나 고민을 해결하는 데 도움을 준 인물의 말과 행동을 찾습니다.

1 다음 인물의 말에서 알 수 있는 알맞은 가치를 찾아 선으로 이으세요.

(1)

안중근

(2)

김구

(3)

세종 대왕

① 바른 마음으로 살아야 한다.

② 백성을 위한 일에 힘써야 한다.

③ 독서를 게을리하면 안 된다.

2 보기 의 밑줄 친 부분을 참고하여 〈문제 1번〉의 인물 중 누구에게 삶의 모습을 본받고 싶은지 그 까닭과 함께 쓰세요.

> **보기**
> 나는 유관순의 삶을 닮고 싶다. 어린 나이에도 나라를 구하려고 만세 운동을 펼친 유관순의 태도에서 그가 추구하는 가치를 닮고 싶다.

- 나는 ____________ 의 삶을 닮고 싶다. ______________________________

  ______________________________ 그가 추구하는 가치를 닮고 싶다.

유형 1 **인물이 추구하는 가치 찾기**

인물의 말에서 인물이 추구하는 가치를 짐작하여 파악하는 문제입니다.

1 이 글에서 테레사 수녀가 추구하는 가치를 골라 ○표 하세요.

국어

어느 날 테레사 수녀가 인도의 한 마을에서 다친 아이들의 상처를 치료해 주고 있었다.

그때 마을에 살던 이웃 주민이 물었다.

"수녀님, 당신은 당신보다 더 잘살거나 높은 지위를 가진 사람들이 편안하게 사는 것을 보면 부러운 마음이 안 드시나요?"

그러자 테레사 수녀가 대답했다.

"허리를 굽히고 섬기는 사람은 위를 쳐다볼 시간이 없답니다."

(1) 풍요롭고 편안하게 살고 싶다. (　　　)

(2) 어려운 사람을 섬기며 살고 싶다. (　　　)

(3) 높은 지위를 가진 사람들과 함께 살고 싶다. (　　　)

유형 2 **인물이 추구하는 가치를 비교하여 주제 찾기**

두 인물이 추구하는 가치를 비교하여 글쓴이가 드러내고자 하는 주제를 짐작합니다.

강도 폭행이나 협박 따위로 남의 재물을 빼앗는 도둑. 또는 그런 행위.

2 두 인물이 추구하는 가치에서 알 수 있는 주제는 무엇입니까? (　　　)

도덕

추운 겨울 두 친구가 강도를 만나 죽어 가는 남자를 보았다.

"날씨도 춥고 곧 눈보라도 칠 것 같은데 우리도 저렇게 될지 모르니 빨리 마을로 내려가세."

"그래도 이렇게 그냥 두면 이 사람이 죽을 게 뻔한데, 우리 둘이 힘을 합해서 함께 데리고 내려가세."

함께 가자는 친구의 말에도 한 친구는 먼저 앞서가 버렸다. 홀로 남은 친구는 죽어 가는 사람의 상처를 급하게 치료한 뒤 들쳐 업고 마을로 내려오기 시작했다.

그런데 마을 입구에 다다르자 다친 남자를 업고 온 친구는 깜짝 놀랐다. 먼저 내려간 친구가 눈에 파묻혀 얼어 죽어 있었다. 남자를 업고 온 친구는 두 사람의 체온 때문에 눈보라에도 용케 살아났다.

① 친구의 말에 귀 기울여야 한다.

② 추운 겨울에는 여행을 삼가야 한다.

③ 위험한 일을 당한 사람을 도와야 한다.

④ 눈보라가 칠 때 혼자 다녀서는 안 된다.

⑤ 추운 겨울에는 체온을 유지하는 일이 중요하다.

3 인물이 추구하는 가치와 자신의 삶을 관련지은 친구에 ○표 하세요.

국어

이수현은 일본에서 공부하며 아르바이트를 하던 한국 청년이었다.

어느 날 저녁, 이수현은 지하철역에서 한 남자가 정신을 잃고 반대편 선로로 떨어지는 것을 보았다. 이수현은 말릴 사이도 없이 떨어진 남자를 구하려고 재빨리 선로로 뛰어들었다. 옆에 있던 일본 사람도 함께 내려와 남자를 끌어올리려고 애썼다. 그러나 불행히도 떨어진 남자를 끌어올리려는 순간 열차가 들이닥쳤다. 열차를 멈출 사이도 없이 이수현과 떨어진 남자는 함께 숨지고 말았다.

다른 사람을 구하려고 자신의 목숨까지 던진 한국 청년의 의로운 죽음은 일본 사람들에게 깊은 감동과 울림을 주었다.

(1) 나도 이수현처럼 일본에서 공부하고 싶어. (　　)

(2) 이수현처럼 희생할 줄 아는 삶의 태도를 닮고 싶어. (　　)

(3) 지하철에서 떨어지는 사람이 없도록 안전문을 설치해야 해. (　　)

유형 3 인물이 추구하는 가치와 자신의 삶 관련짓기

이야기에서 인물이 추구하는 가치를 파악하고 자신의 삶과 비교해서 느낀 점이나 자신의 고민, 문제를 해결한 내용을 찾는 문제입니다.

선로 기차나 전차의 바퀴가 굴러가도록 레일을 깔아 놓은 길.

4 인물들이 추구하는 가치를 비교한 내용의 빈칸에 알맞은 낱말을 쓰세요.

국어

홍커우 공원에서의 의거를 앞두고 윤봉길은 김구와 식사를 하였다. 식사를 마치자 윤봉길이 시계를 들여다보며 말했다.

"선생님, 이 시계는 어제 선서식 후 선생님 말씀대로 6원을 주고 산 것입니다. 선생님 시계는 2원짜리이니 제 시계와 바꾸시지요. 저는 이 시계를 한 시간밖에 쓸 수 없으니까요."

김구는 비장한 표정으로 윤봉길과 시계를 바꾸어 찼다. 그리고 말없이 밖으로 나와 자동차를 잡았다.

"선생님, 이제 제게는 돈이 필요 없습니다."

윤봉길은 김구에게 주머니에 남은 돈마저 건네주었다. 그리고 김구와 뜨거운 악수를 나누었다.

"안녕히 계십시오, 선생님."/"그래, 독립된 조국의 무덤에서 만나세."

• 윤봉길은 목숨을 바쳐서 (　　　　　　)을/를 추구하려고 한다. 김구도 목숨을 걸고 (　　　　　　)을/를 추구한다는 점에서 윤봉길과 (　　　　) 가치를 추구하고 있다.

유형 4 인물이 추구하는 가치 비교하기

인물의 말과 행동을 살펴 두 인물이 추구하는 가치를 찾아 비교합니다.

의거 정의를 위하여 개인이나 집단이 의로운 일을 도모함.

●**글의 종류** 이야기(소설)

●**글의 특징** 이 글은 매슈와 마릴라 남매가 앤이라는 소녀를 입양하고 나서 앤이 여러 가지 일을 겪으면서 성장하는 과정을 그린 『빨간 머리 앤』의 일부입니다. (가)는 마릴라가 앤을 고아원에 데려다주는 장면입니다. (나)는 앤이 초록색으로 머리를 염색하고 나서 자신의 잘못을 뉘우치는 부분입니다.

●**낱말 풀이**
전전한 이리저리 굴러다니거나 옮겨 다닌.
듬성듬성해진 매우 드물고 사이가 떠 있는.

[앞 이야기] 남자아이를 입양하려고 했던 매슈와 마릴라 남매에게 여자아이 앤이 잘못 오게 되자, 마릴라는 앤을 다시 고아원으로 데려다 주기로 했다.

지문 ★★☆
낱말 ★★☆

(가) 앤은 마릴라에게 자신이 살아온 얘기를 시작했다.

"전 지난 3월에 열한 살이 되었어요. 고향은 노바스코샤주에 있는 볼링브로크고요. 아버지는 월터 셜리, 어머니는 바샤예요. 두 분 모두 중학교 선생님이셨대요. 부모님 이름이 참 멋있지요?"

"이름이 중요하겠니? 착하고 올바른 마음을 가지고 살면 되는 거지."

앤은 부모님이 태어난 지 얼마 안 되어 전염병으로 돌아가신 일과 토마스 아주머니와 해먼드 아주머니 댁을 전전한 일을 주저리주저리 말했다.

"그래, 토머스 아주머니와 해먼드 아주머니는 네게 잘해 주셨니?"

"두 분 다 잘해 주려는 마음은 있었다고 생각해요. 형편이 어려우니까 마음대로 안 되었던 거지만." / 앤은 입을 꼭 다물었다.

마릴라는 앤의 이야기를 들을수록 가슴이 아팠다. 지금까지 누구에게도 소중한 사람으로 여겨진 적이 없고 따뜻한 사랑을 받아 본 적 없이 살아온 이 소녀가 가엾다는 생각이 들었다.

(나) "얘, 염색이 나쁜 짓이라는 것을 모르니?"

"알아요. 꾸중 들을 각오로 공부도 열심히 하려고 마음먹었지요."

"그래, 염색은 그렇다 치자. 그런데 초록색은 너무 하지 않았니?"

"사실 처음부터 초록색으로 하려던 것은 아니었어요. 우리 집에 왔던 그 판매원 아저씨가 제 머리가 검은색이 될 것이라고 말했고, 75센트짜리 염색약을 50센트로 깎아 준다기에……." / "쯧쯧쯧."

"하지만 지금은 제가 잘못한 일이란 걸 알고 뉘우치고 있어요. 흑흑."

"그래, 네가 정말 뉘우쳤기를 바란다. 그런데 이 머리를 어쩌면 좋니? 일단 한번 감아 보자꾸나!"

마릴라는 앤의 머리를 박박 감겨 주었다. 일주일 동안 머리를 감아도 앤의 머리 색깔은 그대로였고 마침내 머리카락을 자를 수밖에 없었다.

앤은 듬성듬성해진 머리카락을 거울에 비춰 보면서 슬퍼했다.

"아이참, 이 머리카락이 자랄 때까지 거울은 절대 보지 않을 거야."

앤이 거울을 돌려놓으려다가 바로 놓으며 말했다.

㉠"아니야, 보기 싫어도 거울을 봐야 해! 그래야 내가 한 짓이 나쁘다는 것을 더 뉘우칠 거야. 비록 내 머리카락은 빨간색이지만 숱이 많고 곱슬거렸다는 것을 깨닫게 될 거야!"

루시 모드 몽고메리, 『빨간 머리 앤』

1 주인공 앤에 대한 설명으로 알맞지 않은 것은 무엇입니까? (　　　)

이해

① 지난 3월에 열한 살이 되었다.
② 부모님이 모두 전염병으로 돌아가셨다.
③ 아버지와 어머니는 중학교 선생님이셨다.
④ 토마스 아주머니께 따뜻한 사랑을 받았다.
⑤ 고향은 노바스코샤주에 있는 볼링브로크이다.

4주 1일 학습 끝!

붙임 딱지 붙여요.

2 (가)에서 마릴라가 추구하는 가치를 두 가지 고르세요. (　　　)

추론

① 이름이 인생을 좌우한다.
② 착하고 올바르게 살아야 한다.
③ 현실적인 이익을 추구해야 한다.
④ 상대방을 대할 때 진심을 다해야 한다.
⑤ 누구나 소중한 존재로 사랑을 받으며 살아야 한다.

3 (나)에서 앤이 처한 상황으로 알맞은 것에 ○표 하세요.

이해

(1) 염색을 해서 빨간 머리가 초록색이 되었다. (　　)
(2) 머리를 감지 않아 머리가 초록색으로 변했다. (　　)
(3) 머리를 자르고 염색을 해서 학교에 가지 못했다. (　　)
(4) 초록색 머리를 빨갛게 염색해 마릴라에게 혼났다. (　　)

4 ㉠에 나타난 앤이 추구하는 가치를 살펴보고, 자신의 삶과 관련지어 쓰세요.

문제해결

17

4주

이야기의 시점 바꾸기

★ 다음 두 그림에서 다른 부분을 찾아 ○표 하세요. 그리고 위와 옆 중 어느 곳에서 바라본 그림인지 빈칸에 알맞은 방향을 쓰세요.

(1) 놀이 기구 타는 사람들을 [ ] 에서 본 모습

(2) 놀이 기구 타는 사람들을 [ ] 에서 본 모습

주제 탐구

시점은 말하는 이가 인물이나 사건을 바라보는 관점이나 태도를 말합니다. 시점은 말하는 이가 작품 속에 있으면 1인칭 시점, 작품 밖에 있으면 3인칭 시점입니다. 1인칭 시점에서는 말하는 이인 '나'가 자신의 이야기를 하거나 관찰한 이야기를 합니다. 3인칭 시점에서는 말하는 이가 인물들을 관찰하거나 인물에 대해 모든 것을 알려 주기도 합니다.

1 두 그림을 비교하여 설명한 두 낱말 중 알맞은 것에 ○표 하세요.

(1) 첫 번째 그림	• 그림을 그린 이가 인물들과 (**멀리 / 가까이**) 있다. • 긴장감이 실감나게 (**느껴진다 / 느껴지지 않는다**). • 인물들의 마음을 표정과 행동으로 알 수 (**있다 / 없다**).
(2) 두 번째 그림	• 그림을 그린 이가 인물과 (**멀리 / 가까이**) 있다. • 그림의 상황이 (**자세하게 / 간략하게**) 보인다. • 그림을 보는 사람이 (**상상해야 / 그대로**) 알 수 있다.

2 ㈎, ㈏ 중 두 그림의 특징에 알맞은 글의 기호를 쓰세요.

㈎ 현이는 친구들과 놀이 기구를 탔다. 현이가 안전 장비를 내리자 놀이 기구가 서서히 올라갔다. 현이는 겁이 나는지 발을 동동 굴렀다. 꼭대기까지 올라가자 현이는 눈이 휘둥그래졌다. 그때 갑자기 놀이 기구가 땅을 향해 뚝 떨어졌다. 현이는 '악' 하는 소리를 내며 무서워했다.

㈏ 나는 친구들과 놀이 기구를 탔다. 안전 장비를 내리고 나서 놀이 기구가 서서히 올라갈 때는 심장이 두근두근 떨려 발을 동동 굴렀다. 꼭대기까지 올라가니 발 아래 세상이 소인국이 된 것 같고 사람들이 개미처럼 작아 보였다. 바로 그때 놀이 기구가 땅을 향해 떨어지기 시작했다. 가슴이 철렁 하는 느낌에 나도 모르게 '악' 소리를 지르고 말았다.

(1)

• 1인칭 시점: [ ]

(2)

• 3인칭 시점: [ ]

유형 1 이야기에서 말하는 이 찾기

이야기 속에서 이야기를 들려주는 말하는 이를 찾는 문제입니다.

1 이 글에서 말하는 이의 이름을 찾아 쓰세요.

국어

추운 겨울날, 나는 홈스를 한동안 만나지 못해 그의 하숙집으로 갔다. 홈스는 나를 반기며 헌터라는 여자가 방문하겠다는 편지를 보냈다며 보여 주었다.

때마침 초인종이 울리고 스물다섯쯤 되어 보이는 깔끔하고 똑똑해 보이는 아가씨가 들어왔다.

"헌터 양, 찾아 주셔서 감사합니다. 이쪽은 제 동료 왓슨입니다."

홈스는 날카로운 눈으로 여자를 바라보며 나를 소개했다.

코난 도일, 『셜록 홈스』

(　　　　　　　　)

유형 2 말하는 이의 특징 찾기

이야기에서 말하는 이가 설명하는 내용을 바탕으로 시점의 특징을 찾는 문제입니다.

금년 지금 지나가고 있는 이해. 올해.

2 ㉠ '나'에 대한 설명으로 알맞은 것은 무엇입니까? (　　　)

국어

㉠나는 금년 여섯 살 난 처녀애입니다. 내 이름은 박옥희이구요. 우리 집 식구라고는 세상에서 제일 예쁜 우리 어머니와 단 두 식구뿐이랍니다. 아차, 큰일 났군, 외삼촌을 빼놓을 뻔했으니.

지금 중학교에 다니는 외삼촌은 어디를 그렇게 싸돌아다니는지 집에는 끼니때 외에는 별로 붙어 있지를 않으니까 어떤 때는 한 주일씩 가도 외삼촌 코빼기도 못 보는 때가 많으니까요, 깜박 잊어버리기도 예사지요, 무얼.

주요섭, 「사랑 손님과 어머니」

① '나'의 눈으로 사건을 전달한다.
② 이야기의 내용을 모두 알고 있다.
③ 모든 인물의 마음을 이미 알고 있다.
④ 이야기 밖에서 인물과 사건을 전달한다.
⑤ 독자가 상상해서 읽을 수 있도록 표현한다.

3 이 글은 『안네의 일기』의 일부예요. 말하는 이가 글쓴이로 바뀐다면, ㉠을 알맞게 바꾸어 쓴 것은 무엇입니까? (　　　)

국어

유형 3 이야기의 시점 바꾸기

말하는 이가 '나'에서 글쓴이로 바뀌면 글의 표현이 어떻게 달라지는지 파악합니다.

> 키티, 내가 왜 일기를 쓰기 시작했는지 아니?
>
> 그건 내게 진정한 친구가 없기 때문이야. 이제 열세 살이 된 소녀가 이 세상에 혼자인 것 같은 외로움을 느꼈다면 누가 믿을까?
>
> 물론 나에게는 부모님과 열여섯 살이 된 언니, 서른 명이나 되는 친구들이 있어. 그리고 교실 밖에서 나를 보려고 기웃대는 남자 친구도 있고, 친척들과 친절한 이웃도 있지. 하지만 ㉠나는 친구들이 많아도 외로워. 친구들은 모이면 재잘거리지만 정작 내 마음에 있는 걱정이나 고민을 나눌 수 없어. 아마 내게 친구들을 못 믿는 마음이 있나 봐!
>
> 안네 프랑크, 『안네의 일기』

① 나는 친구들이 없어서 외로워.
② 나는 친구들이 많아서 외로워.
③ 안네는 친구들이 많아서 외로운 것이 아니었다.
④ 안네는 친구들이 많아도 외롭다고 일기장에 썼다.
⑤ 안네는 친구들이 많아도 외롭다고 했지만 거짓말이었다.

4 ㉠의 장면을 알맞게 상상한 친구에 ○표 하세요.

국어

유형 4 3인칭 관찰자 시점의 효과 알기

말하는 이가 관찰자의 입장에서 들려주는 이야기의 장면을 상상합니다.

> 고구려 평원왕 때 사람들에게 '바보'라고 불리는 온달이 있었다. 온달은 눈먼 어머니를 모시며 구걸을 하고 다녔다.
>
> 당시 평원왕에게는 울기를 잘하는 평강 공주라는 딸이 있었다. 평강 공주가 툭 하면 우는 통에 궁궐은 하루도 조용할 날이 없었다.
>
> ㉠어느 날 평원왕이 화가 나서 평강 공주를 바보 온달에게 시집보낼 것이라고 꾸짖었다. 그러자 평강 공주는 더 큰 소리로 울었다.

(1) 평강 공주가 어렸기 때문에 평원왕이 웃으면서 말했을 거야. (　　　)
(2) 평강 공주는 아버지가 꾸짖는 말을 듣고 눈물을 닦았을 거야. (　　　)
(3) 평원왕은 못마땅하고 화가 난 표정으로 평강 공주를 야단쳤을 거야. (　　　)
(4) 평강 공주는 아버지의 말이 사실인지 아닌지 궁금해하는 표정을 지었을 거야. (　　　)

●**글의 종류** 이야기(소설)

●**글의 특징** 이 글은 가난한 양반이 부자에게 양반 신분을 팔면서 벌어지는 일들을 그린 고전 소설 『양반전』의 일부입니다. 주어진 글은 양반이 부자에게 양반 신분을 팔아 나라에서 타 먹은 환곡을 모두 갚고 평민이 된 장면입니다.

●**낱말 풀이**

환곡 조선 시대에, 곡식을 저장하였다가 백성들에게 봄에 꾸어 주고 가을에 이자를 붙여 거두던 일. 또는 그 곡식.
감사 조선 시대에 둔, 각 도의 으뜸 벼슬.
장부 물건이나 돈의 들고 남을 적어 두는 책.
벙거지 조선 시대에, 무관이 쓰던 모자의 하나.
잠방이 가랑이가 무릎까지 내려오도록 짧게 만든 홑바지를 이름.
황공해하며 위엄이나 지위 따위에 눌려 두려워하며.

지문 ★★★
낱말 ★★☆

㉠양반이란 선비들을 높여서 부르는 말이다. 정선군에 한 양반이 살았다. 이 ㉡양반은 어질고 글 읽기를 좋아하여 군수가 새로 오면 으레 그 집을 찾아가 인사를 드렸다. 그런데 이 양반은 집이 가난하여 해마다 고을의 환곡을 타다 먹은 것이 쌓여서 천 석에 이르렀다. 강원도 감사가 마을의 사정을 보살피다가 정선에 들러 환곡 장부를 보고는 크게 화를 내며 "어떤 놈의 양반이 이처럼 곡식을 축냈단 말이냐?" 하고 말했다.

그러나 이 ㉢양반이 가난해서 갚을 힘이 없는 것을 딱하게 여기고 차마 가두지 못했지만 무슨 도리가 없었다. ㉣양반 역시 밤낮 울기만 하고 해결할 방법을 찾지 못했다. 하루는 그 부인이 화를 내며 말했다.

"당신은 평생 글 읽기만 좋아하더니 고을의 환곡을 갚는 데는 아무런 도움이 안 되는군요. 쯧쯧, 양반이란 한 푼어치도 안 되는걸."

한편 그 마을에 사는 한 부자가 가족들에게 말했다.

"양반은 아무리 가난해도 늘 존귀하게 대접받고 나는 아무리 부자라도 항상 비천하지 않느냐. 말도 못하고, 양반만 보면 굽신굽신 두려워해야 하고, 엉금엉금 가서 바짝 엎드려 절을 하는데 코를 땅에 대고 무릎으로 기는 등 우리는 늘 이런 모욕을 받는단 말이다. 이제 동네 양반이 가난해서 타 먹은 환곡을 갚지 못하고 아주 난처한 판이니 그 형편이 도저히 양반을 지키지 못할 것이다. 내가 장차 그의 양반을 사서 가져야겠다."

㉮부자는 곧 양반을 찾아가서 자기가 대신 빚을 갚아 주겠다고 말했다. 이 말을 들은 양반은 크게 기뻐하며 이를 승낙했다. 부자는 즉시 곡식을 관가에 실어 가서 양반의 환곡을 갚았다.

군수는 ㉤양반이 환곡을 모두 갚은 것을 놀랍게 생각해 몸소 찾아가서 양반을 위로하고 또 환곡을 갚게 된 사정을 물어보려고 했다. 그런데 뜻밖에 양반이 벙거지를 쓰고 짧은 잠방이를 입고 길에 엎드려 '소인'이라고 부르며 감히 쳐다보지도 못했다. 군수가 깜짝 놀라 내려가서 부축하고 "귀하는 어찌 이렇게 스스로를 낮추어 욕되게 하시는가?" 하고 말했다.

양반은 더욱 황공해하며 머리를 땅에 조아리고 엎드려 아뢰었다.

"황송하오이다. 소인이 감히 욕됨을 스스로 청하는 것이 아니오라, 이미 제 양반을 팔아서 환곡을 갚았습지요. 동리의 부자가 양반이올습니다. 소인이 이제 어떻게 '옛날에는 양반이었네.' 하고 양반 행세를 하겠습니까?"

박지원, 『양반전』

1 이해

주인공 양반에 대한 설명으로 알맞은 것은 무엇입니까? (   )

① 어질었지만 글 읽기를 싫어했다.
② 나라에 환곡으로 천 석을 바쳤다.
③ 동네 부자에게 양반 신분을 팔았다.
④ 아내는 양반의 어진 성품을 존경했다.
⑤ 강원도 감사에게 끌려가 고초를 당했다.

붙임 딱지 붙여요.

2 이해

이 글에서 알 수 있는 양반과 평민의 차이점에 ○표 하세요.

(1) 양반은 자신을 '소인'이라고 불러야 했다. (   )
(2) 양반은 환곡을 타 먹고 갚지 않을 수 있었다. (   )
(3) 평민은 양반을 만나면 양반에게 절을 해야 했다. (   )

3 이해

㉠~㉤ 중 가리키는 사람이 다른 하나는 무엇인지 기호를 쓰세요. (   )

4 추론

이 글에서 말하는 이의 특징으로 알맞지 않은 것은 무엇입니까? (   )

① 이야기의 내용을 모두 알고 있다.
② 이야기 밖에서 사건을 알려 준다.
③ 말하는 이의 생각이 들어 있는 부분이 있다.
④ 인물의 말과 행동을 관찰하여 마음을 추측한다.
⑤ 인물의 생김새나 성격뿐 아니라 생각까지 알고 있다.

5 문제해결

㉮를 '양반' 자신이 들려주는 이야기로 바꾸어 쓰세요.

18

4주

글의 설명 방법 바꾸기

★ 성현이가 엄마가 사 오신 물건을 냉장고에 정리하려고 해요. 각 칸에 들어 있는 물건을 보고 어느 칸에 넣어야 할지 빈칸에 알맞은 칸의 기호를 쓰세요.

새로 사온 물건	넣을 칸	넣는 까닭
복숭아	㉱	복숭아는 과일에 속한다.
닭고기	(1)	닭고기는 냉동이 가능한 곳에 보관해야 하는 고기류에 속한다.
가지	(2)	가지는 채소에 속한다.
초콜릿	(3)	초콜릿은 간식의 한 종류이다. 무더운 여름에는 차갑게 보관하는 것이 좋다.

주제 탐구

설명하는 글에는 대상에 어울리는 설명 방법이 들어 있습니다. 냉장고의 음식물도 정한 기준에 따라 종류별로 묶으면 위치를 한눈에 파악할 수 있는 것처럼 글에서도 복잡한 대상을 정의, 예시, 비교와 대조, 분석과 분류, 열거 등 여러 가지 설명 방법으로 설명합니다.

1 다음 빈칸에 알맞은 설명 방법을 보기에서 찾아 쓰세요.

보기

열거 대조 비교 분류

(1) (　　　　)은/는 설명하려는 대상의 특징을 나열하여 설명하는 방법이다.

(2) (　　　　)은/는 어떤 대상에 속하는 것들을 일정한 기준에 따라 구분 지어 설명하는 방법이다.

(3) (　　　　)은/는 서로 관련성이 있는 두 가지 이상의 대상을 견주어 차이점을 설명하는 방법이다.

(4) (　　　　)은/는 서로 관련성이 있는 두 가지 이상의 대상을 견주어 공통점을 설명하는 방법이다.

2 다음에서 사용한 설명 방법을 골라 선으로 이으세요.

(1) 시계는 시침, 초침, 분침, 태엽으로 나눌 수 있다. •	• ① 대조
(2) 봄에 피는 꽃은 개나리, 진달래, 목련, 벚꽃 등이다. •	• ② 인용
(3) '고래 싸움에 새우 등 터진다.'라는 속담에도 나오는 고래는 새끼를 낳는 동물이다. •	• ③ 예시
(4) 테니스와 배드민턴은 모두 공을 가지고 하는 경기이다. 테니스는 펠트라는 헝겊이 덮인 고무공을 사용하고, 배드민턴은 거위 깃털을 박은 셔틀콕이라는 공을 사용한다. •	• ④ 분석

유형 1 정의의 설명 방법에 알맞게 고치기

㉠을 대상의 본질이나 개념, 뜻을 밝히는 '정의'의 방법으로 바꾼 예를 찾는 문제입니다.

1 수학 ㉠을 '정의'의 방법에 알맞게 바꾸어 쓴 것은 무엇입니까? (　　　)

㉠자연수는 1, 2, 3, 4, 5…… 등을 말한다. 자연수끼리 더하거나 곱하면 그 결과는 항상 자연수이지만 자연수끼리 빼거나 나누면 그 결과가 항상 자연수는 아니다. 예를 들어, 2에 3을 더하거나 곱하면 각각 5와 6이 되지만 2에서 3을 빼면 −1로 음의 정수, 2를 3으로 나누면 $\frac{2}{3}$가 되어 분수로 바뀐다.

$2+3=5$　　　　$2\times3=6$

$2-3=-1$　　　　$2\div3=\frac{2}{3}$

① 자연수는 1보다 큰 수이다.
② 자연수는 0을 제외한 수이다.
③ 자연수는 분수와 소수가 아니다.
④ 자연수는 이 세상에 있는 모든 수를 말한다.
⑤ 자연수는 1부터 시작하여 1씩 커지는 수를 말한다.

유형 2 과정을 설명하는 내용의 그림 찾기

설명하는 내용의 과정을 살펴보고 설명한 내용을 나타낸 그림을 찾는 문제입니다.

2 사회 ㉠의 내용을 설명하는 그림을 골라 그 기호를 쓰세요. (　　　)

코끼리 공기는 두 손을 모아 깍지를 끼고 손바닥 안에 자루처럼 비어 있는 공간을 만들어 공기 놀이를 하는 전통 놀이이다. ㉠코끼리 코처럼 양쪽 검지손가락으로 한 알씩 집어 엄지손가락으로 받으면서 손바닥 안으로 넣는다. 두 알 집기는 공깃돌 두 개를, 세 알 집기는 공깃돌 세 개를 한꺼번에 포개어 손바닥 안에 넣어야 한다. 꺾기는 다섯 알 공기와 같이 손등에 공깃돌을 올려서 손바닥으로 받는다. 꺾기에서 잡은 공깃돌의 수만큼 나이를 계산한다.

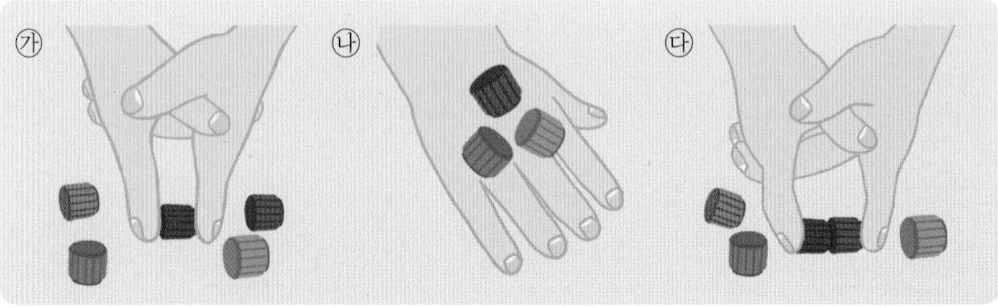

3 **체육** [보기]의 방법으로 태권도에 대한 설명 방법을 바꾸려고 해요. 빈칸에 알맞은 내용을 쓰세요.

무술은 신체의 한 부분인 주먹, 팔, 다리, 팔꿈치, 무릎 등을 이용하거나 도구를 이용하여 상대방을 위협하고 방어하는 스포츠입니다.

무술의 일종인 태권도와 유도는 맨손과 맨발을 이용한 경기로, 경기 예절을 중요하게 여긴다는 점에서는 비슷합니다. 그러나 태권도는 상대를 손과 발로 치거나 때려서 쓰러뜨리고, 유도는 상대를 치거나 때리지 않고 맨손과 맨발의 힘으로 상대를 넘어뜨리거나 움직이지 못하게 해서 얽혀 싸운다는 점에서 차이가 있습니다.

태권도는 주먹과 발을 사용한 손 기술과 발 기술로 딴 점수를 합해 점수가 높은 사람이 이깁니다. 공격을 할 때에도 머리와 몸통 부위에만 공격이 가능합니다.

반면 유도는 메치기, 누르기, 조르기, 꺾기 등의 기술로 상대를 효과적으로 제압해야 합니다. 그래서 점수를 얻는 기준은 기술이 얼마나 완벽하게 걸렸는가에 있습니다. 상대를 완전히 제압해서 누르거나 기술로서 상대의 항복을 받아 내면 한판과 절반의 판정을 받아 점수를 얻습니다.

태권도

유도

보기

열거: 설명하려는 대상의 특징을 나열하여 설명함.

• 태권도는 맨손과 맨발을 이용한 경기로, 경기 예절을 중요하게 여깁니다. 태권도는 상대를 손과 발로 쳐서 쓰러뜨리는데, ______________________

____

____

유형 3 글에 쓰인 설명 방법 바꾸기

태권도와 유도를 비교와 대조의 방법으로 설명한 글에서 태권도의 특징을 찾아 열거의 설명 방법으로 다시 정리합니다.

제압해야 위력이나 위엄으로 세력이나 기세 따위를 억눌러서 통제해야.

●**글의 종류** 설명문

●**글의 특징** 이 글은 우리나라의 민요를 지역에 따라 다섯 가지로 나누어 각 지역 민요의 특징과 대표적인 노래를 설명하고 있습니다.

●**중심 내용**
1문단 우리 민요는 경기, 남도, 서도, 동부, 제주 민요로 나눌 수 있음.
2문단 경기 민요는 흥겨운 음악이 많아 맑고 경쾌한 느낌을 줌.
3문단 남도 민요는 구성진 소리와 격렬하게 꺾는 소리를 가지고 있음.
4문단 서도 민요는 음색이 얇고 큰 소리를 많이 내어 우는 듯한 느낌을 줌.
5문단 동부 민요는 남북으로 길게 뻗어 있어 지역에 따라 차이가 있음.
6문단 제주 민요는 육지의 영향을 받지 않고 독자적으로 발달하였음.

●**낱말 풀이**
구성진 천연스럽고 구수하며 멋진.
독자적으로 남에게 기대지 않고 혼자서 하는 것으로.

지문 ★★☆

낱말 ★★☆

㉠우리 민족의 생각과 감정을 담고 있는 것이 민요입니다. 민요는 (㉡)에 따라 경기 민요, 남도 민요, 서도 민요, 동부 민요, 제주 민요로 나눌 수 있습니다. 옛날에는 지역마다 자연환경도 다르고 생활 풍습도 조금씩 달랐기 때문에 전래되는 민요의 형식이나 내용에도 차이가 있습니다.

경기 민요는 서울, 경기, 충청 북부를 중심으로 발달하였습니다. 평야가 많고 풍요로운 지역에서 불려 흥겨운 음악이 많습니다. 그래서 가락이 부드러우며 맑고 경쾌한 느낌을 줍니다. ㉢대표적인 민요로는 「도라지 타령」, 「늴리리야」, 「군밤 타령」 등이 있습니다.

남도 민요는 전라도를 중심으로 충청남도 일부 지역과 경상남도 일부 지역을 포함하는 민요로, 기교가 뛰어납니다. 굵게 떨어지는 구성진 소리와 격렬하게 꺾는 소리가 특징인데, 이런 특징을 '육자배기토리'라고 부릅니다. 「육자배기」, 「둥당기타령」, 「진도 아리랑」, 「흥타령」 등이 육자배기토리로 불려진 노래들입니다. 대체로 느린 노래는 슬픈 느낌, 빠른 노래는 구성지면서도 경쾌한 느낌을 줍니다.

서도 민요는 황해도와 평안도 지방을 중심으로 발달하였습니다. 음색이 얇고 큰 소리를 많이 내어 마치 우는 듯한 느낌을 주는 것이 특징입니다. 「몽금포 타령」, 「배따라기」, 「수심가」 등의 노래가 대표적입니다.

동부 민요는 태백산맥 동쪽에 있는 함경도, 경상도 지역을 중심으로 발달하였습니다. 같은 동부 민요라도 남북으로 길게 뻗은 지역에 따라 조금씩 차이가 있습니다. 함경도 민요는 빠르고 애절하면서도 거세게 들리지만 경상도 민요는 꿋꿋하고 씩씩한 느낌을 줍니다. 「한오백년」, 「밀양 아리랑」, 「쾌지나 칭칭 나네」 등이 대표적입니다.

마지막으로 제주 민요는 섬이라는 지역적 특성으로 육지의 영향을 받지 않고 독자적으로 발달하였습니다. 경기 민요, 서도 민요와 비슷한 점이 많지만 경기 민요와는 달리 구슬픈 소리와 제주 사투리의 느낌을 많이 사용합니다. 제주도의 아름다운 경치나 부녀자에 대한 노래 중 「오돌또기」, 「이야홍타령」, 「제주베틀가」 등이 잘 알려져 있습니다.

1 이해

이 글에서 설명한 내용으로 알맞지 않은 것은 무엇입니까? (　　　)

① 민요는 우리 민족의 생각과 감정을 담고 있다.
② 경기 민요는 흥겨운 음악이 많고 가락이 부드럽다.
③ 서도 민요는 구성지면서도 경쾌한 느낌을 주는 노래가 많다.
④ 제주 민요는 육지의 영향을 받지 않고 독자적으로 발달했다.
⑤ 우리나라의 민요는 경기 민요, 남도 민요, 서도 민요, 동부 민요, 제주 민요로 나눌 수 있다.

붙임 딱지 붙여요.

2 문제해결

㉠을 '정의'의 방법으로 고칠 때, 빈칸에 알맞은 낱말을 쓰세요.

• 민요는 민중들 사이에서 저절로 생겨나서 전해지는 노래로, 우리 민족의 □□ 와/과 □□ 을/를 담고 있습니다.

3 추론

㉡에 알맞은 낱말은 무엇입니까? (　　　)

① 민족　② 국가　③ 지역　④ 사회　⑤ 세계

4 구조

이 글의 내용을 정리하기에 알맞은 방법을 골라 기호를 쓰세요. (　　　)

㉮
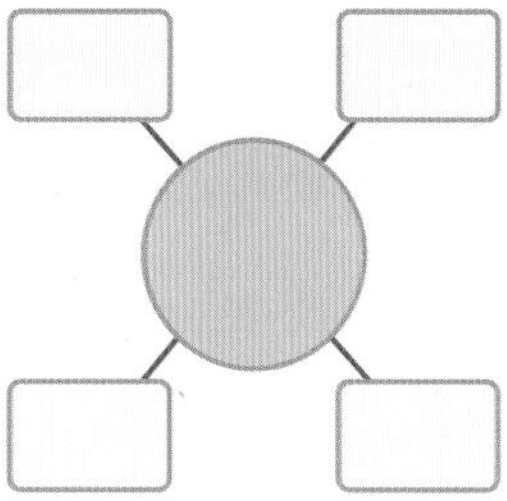
㉯
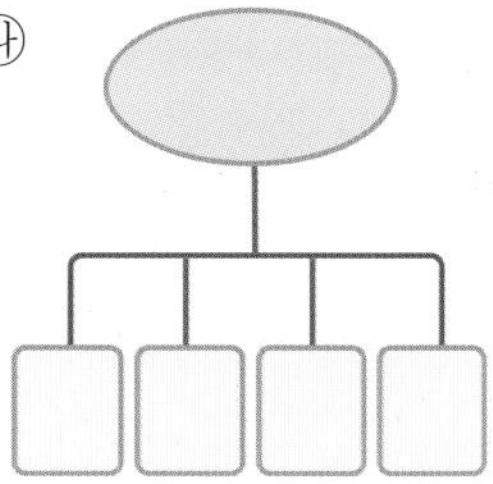
㉰
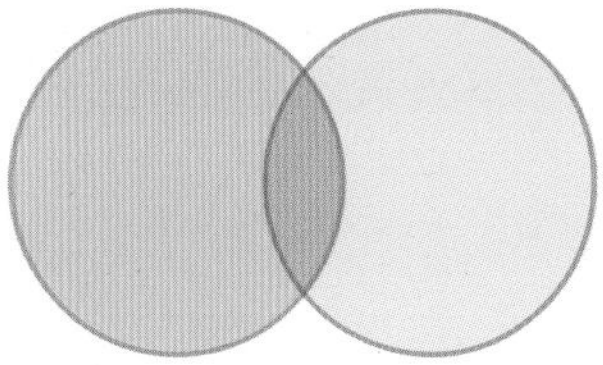

5 구조

㉢에서 사용한 설명 방법으로 알맞은 것은 무엇입니까? (　　　)

① 비교　② 대조　③ 분류　④ 예시　⑤ 정의

19 글로 마음을 주고받기

4주

★ 승주가 누리집에 올린 글을 읽고 승주의 마음을 헤아리며 댓글을 쓰세요.

얘들아, 안녕? 나 승주야!

너희와 만난 지가 엊그제 같은데 이제 곧 중학교에 올라가네! 중학교에 올라가면 자주 보지 못할 것 같아 이렇게 글을 올린다.^^

우리 한 해 동안 피구도 하고, 발표와 연극도 하고 참 좋았지? 그중에서 우리가 피구 대회에서 우승을 했을 때가 가장 기억에 남아. 연습할 때 힘들어서 다투기도 해서 그런지 더 정이 들었어. ^^

중학교에 가면 어떨 것 같니? 뭔가 어른이 되는 것 같은 기분도 들지만 난 너희들과 헤어져야 한다는 게 가장 슬퍼. ㅜ.ㅜ 우리 중학교에 올라가서도 계속 연락하고 지내자. 한 번 친구는 영원한 친구니까.^^

6학년 3반 친구들 파이팅!

나도 헤어져서 슬퍼. 우리 꼭 연락하자.

주제 탐구

마음을 나누는 글에는 일어난 일과 나누려는 마음이 들어 있습니다. 편지, 누리집 게시판, 메일, 문자 메시지 등 마음을 나누는 글에서는 어떤 일이 일어났는지, 나누려는 마음은 무엇인지 생각해 보고, 읽는 사람에게 알맞은 표현을 썼는지도 확인해야 합니다.

1 승주의 글에 알맞은 내용을 골라 ○표 하세요.

마음을 나누는 글을 쓰는 상황	중학교에 올라가기 전 친구들에게 하고 싶은 말을 하려고 함.
(1) 나누려는 마음	(미안한 마음 / 아쉬운 마음 / 고마운 마음)
(2) 읽을 사람	(중학교 친구들 / 우리 반 친구들)
(3) 글을 전하는 방법	(누리집 게시판 / 편지 / 문자 메시지)

2 〈문제 1번〉을 참고하여 승주가 글을 쓴 목적은 무엇인지 쓰세요.

• 중학교에 올라가기 전

3 이 글에서 승주가 쓴 표현 방법을 두 가지 골라 기호를 쓰세요. (   )

㉮ 공손한 말을 써서 마음을 표현했다.
㉯ 친근한 말을 써서 마음을 표현했다.
㉰ 그림 문자를 써서 친근한 느낌을 주었다.
㉱ 문자 메시지를 써서 친구의 안부를 물었다.

4 이와 같은 글을 쓰는 방법으로 빈칸에 들어갈 알맞은 낱말을 보기에서 찾아 쓰세요.

보기
마음 목적 읽는 사람

(1) 나누려는 (   )이 잘 드러나게 쓴다.
(2) 글을 쓰는 상황과 (   )을/를 생각해서 쓴다.
(3) (   )과의 관계를 고려하여 글을 쓴다.

● (1~2) 다음을 읽고 물음에 답하세요.

이웃님, 안녕하세요?

저는 1층에 거주하는 주민입니다. 제가 사는 1층 세대는 후면 주차 때문에 고통받고 있습니다. 자동차를 후면 주차하면 기준치의 20배가 넘는 일산화 탄소가 나온다고 합니다. 1층에 사는 사람들에게 후면 주차한 차에서 나오는 일산화 탄소는 담배를 피우는 것과 같은 효과를 일으킵니다. 그리고 이 결과가 나중에는 폐암으로 이어질 수 있다니 걱정이 이만저만이 아닙니다.

이웃님들이 수고스러우시겠지만 조금만 내 이웃의 마음을 생각하셔서 전면으로 주차해 주시기를 부탁드립니다. 그리고 평소 전면 주차를 잘해 주시는 분께도 글로나마 감사의 인사를 드립니다.

유형 1 마음을 나누는 글을 쓰는 상황과 목적 알기
글쓴이에게 일어난 일에서 글을 쓰게 된 상황과 목적을 파악하는 문제입니다.

후면 주차 차의 앞부분이 길 쪽을 향하도록 차를 세워 둠.
전면 주차 차의 앞부분이 길 반대쪽을 향하도록 차를 세워 둠.

1 글쓴이가 이 글을 쓴 목적은 무엇입니까? (　　　)

도덕

① 이웃들에게 담배를 피우지 말라고 부탁하려고
② 자동차를 후면으로 주차해 달라고 부탁하려고
③ 자동차를 전면으로 주차해 달라고 부탁하려고
④ 1층을 지나갈 때 조용히 해 달라고 부탁하려고
⑤ 1층에 자동차를 주차하지 말아 달라고 부탁하려고

유형 2 글쓴이가 나누려는 마음 알기
글쓴이가 이 글을 쓴 까닭을 짐작하여 나누려는 마음을 찾습니다.

2 이 글에서 글쓴이가 이웃과 나누려는 마음은 무엇입니까? (　　　)

도덕

① 미안한 마음　　② 행복한 마음
③ 당부하는 마음　　④ 위로하는 마음
⑤ 사과하는 마음

3 ㉠, ㉡에 들어갈 표현끼리 알맞게 짝지어진 것은 무엇입니까? (　　　)

국어

선미야, 화 많이 났니? 어제 낮잠을 너무 오래 자서 그만…….

낮잠? 약속을 하고?

진심으로 [㉠]. 감기약을 먹고 나도 모르게 잠이 들었나 봐. 너한테는 정말 할 말이 없네.

그렇게까지 얘기하니 더는 화낼 수가 없군. 괜찮아. 일부러 그런 것도 아닌데 뭘.

이해해 줘서 [㉡], 선미야. 대신 내가 오늘 햄버거 살게.

정말? 약속 꼭 지켜!

① ㉠ 수고해 – ㉡ 고마워　　② ㉠ 고마워 – ㉡ 미안해
③ ㉠ 바빴어 – ㉡ 미안해　　④ ㉠ 미안해 – ㉡ 고마워
⑤ ㉠ 미안해 – ㉡ 수고해

유형 3 **전하려는 마음에 알맞은 표현 찾기**

문자 메시지의 내용을 파악하고 전하려는 마음에 어울리는 표현을 찾는 문제입니다.

4 읽는 사람을 살펴 ㉠, ㉡을 알맞게 고쳐 쓰세요.

국어

선생님께

선생님, 안녕하세요? ㉠나는 정호진이에요.

선생님을 뵙고 책을 읽는 기쁨을 알게 되어 감사하는 마음을 전하고 싶어서 편지를 쓰게 되었어요.

선생님을 뵙기 전에는 책 읽는 것이 너무 싫었어요. 특히 그림도 없고 글자만 가득한 책은 아예 읽지도 않았어요.

그런데 ㉡선생님이 말한 대로 책에 나오는 인물과 대화하는 연습을 하니까 재미있어졌어요. 앞으로 글자만 있는 책에도 도전해 볼게요.

이 모든 것이 선생님 덕분이에요. 선생님, 정말 고맙습니다.

20○○년 ○○월 ○○일
정호진 올림

(1) ㉠: (　　　　　)　　(2) ㉡: (　　　　　　　　　　)

유형 4 **읽는 사람에게 알맞은 표현으로 고치기**

읽는 사람을 확인하여 어울리는 표현으로 고쳐 씁니다.

●**글의 종류** 편지

●**글의 특징** ㈎는 안중근 의사가 감옥에서 순국하기 전 두 동생에게 전한 유언입니다. 죽어서라도 우리나라의 독립을 위해 힘쓰겠다는 결연한 의지가 나타나 있습니다. ㈏는 ㈎를 읽고 쓴 학생의 편지로, 안중근 의사에 대한 고마운 마음과 존경하는 마음이 드러나 있습니다.

●**낱말 풀이**

국권 국가가 행사하는 권력. 주권과 통치권을 이름.
반장해 객지에서 죽은 사람을 그가 살던 곳이나 그의 고향으로 옮겨서 장사를 지내.
업 꼭 해야 할 일이나 임무.
순국하시기 나라를 위하여 목숨을 바치시기.

지문 ★☆☆

낱말 ★★☆

㈎ 두 아우 정근과 공근에게

내가 죽은 뒤에 나의 뼈를 하얼빈 공원 곁에 묻어 두었다가 우리 국권이 회복되거든 고국으로 반장해 다오. 나는 천국에 가서도 또한 마땅히 우리나라의 회복을 위해 힘쓸 것이다. 너희들은 돌아가서 동포들에게 각각 모두 나라의 책임을 지고 국민된 의무를 다하여 마음을 같이하고 힘을 합하여 공로를 세우고 업을 이루도록 일러 다오. 대한 독립의 소리가 천국에 들려오면 나는 마땅히 춤추며 만세를 부를 것이다.

안중근 의사

㈏ 안중근 의사님께

안녕하세요?

저는 ○○초등학교 6학년 안소현이라고 해요.

저는 오늘 안 의사님이 순국하시기 전에 두 동생들에게 남긴 글을 읽었어요. 저는 안 의사님이 하얼빈역에서 의로운 일을 하시고 옥에 갇혀서도 결코 일본에 굴복하지 않으셨다는 점에 감동을 받았어요. 저라면 무섭고 외로워서 견디지 못했을 거예요.

그리고 안 의사님이 죽음을 앞두고 천국에서도 우리나라의 독립을 위해 힘쓸 것이라고 하신 부분에서는 코끝이 찡하고 눈물이 핑 돌았어요. 죽어서까지 대한 독립을 위해 일할 생각을 하시다니 정말 대단한 분이라는 생각이 들었어요.

우리나라의 독립을 위해 힘써 주셔서 고맙습니다. 안 의사님과 잃어버린 나라를 되찾기 위해 목숨을 바치신 여러 독립 투사들 덕분에 저희가 마음 편하게 공부할 수 있어요. 저희도 [㉠]

그럼 이만 줄일게요. 이제 천국에서 편히 쉬세요.

20○○년 11월 30일
안소현 올림

1 이해

㈎, ㈏는 각각 누구에게 쓴 글인지 받는 사람을 쓰세요.

(1) ㈎: (   ) (2) ㈏: (   )

2 추론

㈎의 글쓴이가 전하려는 마음은 무엇입니까? (   )

① 두 동생들에게 미안한 마음
② 고국으로 돌아가고 싶은 마음
③ 천국에서 만세를 부르고 싶은 마음
④ 독립을 위해 힘쓰라고 부탁하는 마음
⑤ 나라에 국민된 의무를 다하려는 마음

붙임 딱지 붙여요.

3 이해

㈏의 글쓴이가 글을 쓰게 된 상황과 목적에 ○표 하세요.

(1) 안중근 의사의 영상을 보고 존경하는 마음이 들어서 (   )
(2) 안중근 의사의 일생을 다룬 책을 읽고 감동을 받아서 (   )
(3) 안중근 의사가 두 동생에게 쓴 글을 읽고 감동을 받아서 (   )

4 추론

㈏의 글쓴이가 전하려는 마음을 <u>두 가지</u> 고르세요. (   )

① 미안한 마음 ② 고마운 마음 ③ 존경하는 마음
④ 사과하는 마음 ⑤ 비난하는 마음

5 추론

다음 조건에 맞게 ㉠에 들어갈 알맞은 문장을 쓰세요.

- ㈏의 글쓴이가 전하려는 마음을 드러낼 것.
- ㈏의 글을 쓰게 된 상황과 목적에 알맞은 내용일 것.

20 설득력 있는 광고 표현하기

4주

★ 다음 광고에 대한 생각으로 알맞지 않은 사람을 모두 골라 ○표 하세요.

주제 탐구

광고는 상품을 팔거나 기업의 인상을 좋게 만들고 사회 전체의 이익을 위해 정보를 제공하거나 관심을 끄는 내용으로 사람들의 행동 변화를 이끌어 냅니다. 그래서 광고는 글, 그림, 사진, 영상 등을 효과적으로 사용하여 주제를 표현하고, 사람들에게 오래 기억되도록 여러 가지 설득 방법을 사용합니다.

1 다음 광고 문구가 드러내는 주제에 ○표 하세요.

(1) 아름다운 선율도 아래층 이웃에게는 때로는 큰 고통이 될 수 있습니다.
① 층간 소음을 조심하자. ( ) ② 다양한 아름다움의 기준을 갖자. ( )

(2) 한국에 살면 한국인, 외국에 살면 외국인입니다.
① 안전한 해외여행을 하자. ( ) ② 외국인에 대한 차별을 없애자. ( )

(3) 버리는 것은 물뿐이 아닙니다.
① 물을 아껴 쓰자. ( ) ② 쓰레기를 함부로 버리지 말자. ( )

2 다음 광고에 알맞은 광고의 목적을 선으로 이으세요.

(1) 상품 광고 •	• ① 상품을 만드는 기업의 인상을 좋게 만들기 위한 목적
(2) 기업 광고 •	• ② 상품의 판매를 위한 목적
(3) 공익 광고 •	• ③ 사회 전체의 이익을 위한 목적

3 광고를 설득력 있게 만드는 방법에 알맞은 낱말을 보기 에서 찾아 쓰세요.

보기
사실 반복 웃음 인지도 불안감

(1) 유명 연예인이나 운동선수 등의 ( )을/를 활용한다.
(2) 소비자의 불안 심리를 이용하여 ( )을/를 조성한다.
(3) 제품의 이름이나 전화 번호, 회사의 상표 등을 ( )한다.
(4) 반어, 역설, 과장, 비유, 반전을 통해 ( )을/를 불러일으킨다.
(5) 전문가 견해, 인증 표시, 통계 자료 등 검증된 ( )을/를 제시한다.

유형 1 광고 주제에 어울리는 그림 찾기

광고 문구를 바탕으로 광고의 주제와 어울리는 그림을 찾는 문제입니다.

1 국어 다음 광고 문구에 어울리는 그림의 기호를 쓰세요. (　　　)

- 내 마음을 따뜻하게 해 주는 책
- 잡은 순간부터 마음의 온도가 올라가는 책

㉮

㉯

㉰

㉱

유형 2 광고의 설득 방법 파악하기

광고의 사진이나 그림, 문구에서 사람들을 설득하는 방법을 파악합니다.

2 국어 이 광고가 사람들을 설득하는 방법으로 알맞은 것은 무엇입니까? (　　　)

① 유명인 내세우기
② 인상적인 사진 보여 주기
③ 소비자의 말 직접 보여 주기
④ 실험을 통해 제품의 성분 보여 주기
⑤ 재미있는 표현으로 웃음 불러일으키기

3 이 광고에서 설득하는 방법으로 알맞지 않은 것은 무엇입니까? (　　　)

국어

내레이션: 아무 데에서나 담배 연기를 뿜어대는 당신!
(노래: 당신은 몇 살입니까?)
내레이션: 아무 데에서나 큰 소리로 통화하는 당신!
(노래: 당신은 몇 살입니까?)
내레이션: 당신의 공공 예절은 몇 살입니까? 서로를 배려하는 어른다운 행동!
(노래: 그 모습 아름답구나!)

① 익숙한 노래를 써서 사람들에게 친근감이 들게 한다.
② 사람들이 잘 아는 노래를 들려주어 관심을 가지게 한다.
③ 전문가나 언론이 인정한 것을 내세워 사람들에게 설명하고 있다.
④ '당신은 몇 살입니까?'를 반복하여 사람들의 호기심을 불러일으킨다.
⑤ '당신'이라는 표현을 반복하여 주의를 끌고 오랫동안 기억하게 만든다.

유형 3 광고의 청각적 효과 파악하기

라디오 광고나 영상 광고에서 사용하는 청각적 표현의 설득 효과에 대해 파악합니다.

4 보기 를 참고하여 과장된 표현이 쓰인 곳을 골라 기호를 쓰세요. (　　　)

국어

보기
'과장 광고'는 '사실보다 지나치게 부풀려서 나타낸 광고'를 말한다.

유형 4 광고에서 과장된 표현 파악하기

광고에 쓰인 문구에서 과장된 표현을 파악하는 문제입니다.

●글의 종류 논설문

●글의 특징 이 글은 먹방의 긍정적 측면과 부정적인 측면을 함께 살펴보고 합리적인 소비 태도를 갖자고 주장하는 글입니다.

●중심 내용

1문단 대중문화를 점령한 먹방을 비판적으로 바라볼 필요는 없는지 살펴보아야 함.

2문단 TV와 인터넷 개인 방송의 먹방은 새로운 소비를 이끄는 광고 효과가 있음.

3문단 먹방의 영향력은 광고계에도 막대한 영향력을 끼치고 있음.

4문단 먹방은 비만을 가져올 수 있고 어린이나 청소년의 식습관에 좋지 않은 영향을 미칠 수 있음.

5문단 먹방을 비판적으로 받아들이고 합리적으로 소비하는 태도가 필요함.

●낱말 풀이

전방위로 가능한 모든 영역에 걸쳐.

맹목적으로 주관이나 원칙이 없이 덮어놓고 행동하는 것으로.

협업하고 많은 노동자들이 힘을 합하여 계획적으로 일하고.

규제하려는 규칙이나 규정에 의하여 일정한 한도를 정하거나 정한 한도를 넘지 못하게 막으려는.

인터넷 개인 방송에서 시작된 먹방은 TV로 진출하더니 영화, 드라마, 예능, 웹툰 등으로 자리를 넓히면서 대중문화를 점령했다. 전방위로 위세를 떨치는 먹방을 맹목적으로 받아들이기보다 이를 비판적으로 바라볼 필요는 없는지부터 살펴보아야 한다.

새로운 소비를 이끌어 내는 먹방의 광고 효과는 이미 TV에서 시작됐다. 방송에서 짜장 라면과 매운 라면을 함께 끓여 먹는 모습이 나오면서 두 제품의 매출이 폭발적으로 늘어났다. 그러다가 인터넷 개인 방송이 생겨나면서 먹방의 존재감은 더욱 강력해졌다. 먹방의 시작은 카메라 앞에 음식을 늘어놓고 맛있게 먹으면서 시청자와 채팅을 즐기는 형식이었다. 이후 정해진 시간에 모든 음식을 비우는 먹방부터 음식을 하나씩 먹으면서 평가하거나 음식에 대한 이야기를 하는 토크 쇼 먹방까지 무려 2만여 개가 되는 다양한 먹방이 생겨나 시청자들의 인기를 끌었다.

이런 상황이다 보니 먹방은 광고계에도 막대한 영향을 끼치고 있다. 이제 기업들은 연예인보다 먹방 크리에이터를 광고 모델로 쓰고 싶어 한다. 먹방에 소개된 음식들이 자연스럽게 매출로 연결되기 때문이다. 먹방 크리에이터들은 탄탄한 팬층을 바탕으로 새로운 제품을 홍보하거나 기존 제품의 매출을 늘리는 데도 효과적일 수밖에 없다. 기업들은 먹방 크리에이터들에게 제품을 홍보하게 하고 상품을 만드는 데 참여시키며 함께 브랜드를 만드는 등 다양한 방식으로 협업하고 있다.

먹방이 기업의 매출을 올리는 데 효자 노릇을 하고 있지만 정부에서는 지나친 먹방을 규제하려는 움직임을 보이고 있다. 먹방이 비만을 가져올 수 있고 어린이와 청소년에게 과식, 폭식 같은 나쁜 식습관을 만들 수 있다고 생각했기 때문이다. 영국 리버풀대 연구팀은 먹방이 어린이 식습관에 나쁜 영향을 미친다는 연구 결과를 내놓았다. 유명 1인 방송 제작자가 몸에 해로운 음식을 먹는 먹방을 어린이들에게 보여 주고 초콜릿, 젤리 등을 간식으로 주었더니, 동영상을 보지 않은 아이들보다 칼로리 섭취량이 평균 26퍼센트 높게 나타났다고 한다.

먹방은 밥 한 끼 제대로 먹을 사이 없이 바쁘게 살아가는 현대인들을 위로하는 방송이기는 하지만 무조건 따라 한다거나 무분별하게 소비하는 태도는 문제가 있다. 방송을 볼 때에는 나에게 필요한 음식인지, 건강한 음식인지를 비판적으로 살펴보고 꼭 필요한 음식만 사거나 먹는 합리적인 소비 태도를 길러야겠다.

지문 ★★★

낱말 ★★☆

1 이 글에서 글쓴이가 주장하는 것은 무엇입니까? (　　　)

이해

① 먹방에서 소개한 음식을 함께 따라 먹자.
② 소비자들이 원하는 자연스러운 먹방을 시작하자.
③ 먹방은 비만을 가져올 수 있으므로 시청하지 말자.
④ 먹방은 어린이에게 나쁜 영향을 끼치므로 시청하지 말자.
⑤ 먹방에 소개된 음식이라도 따져 보고 합리적인 소비를 하자.

붙임 딱지 붙여요.

2 글쓴이가 말한 먹방의 광고 효과에 모두 ○표 하세요.

이해

(1) 먹방에서 소개된 음식들이 잘 팔린다. (　　)
(2) 정부에서 지나친 먹방을 규제하려고 한다. (　　)
(3) TV 프로그램에 나온 두 라면의 매출이 늘어났다. (　　)
(4) 인터넷 개인 방송의 먹방이 TV 프로그램으로 이어졌다. (　　)

3 다음 중 먹방의 부정적 측면으로 알맞지 않은 것은 무엇입니까? (　　　)

이해

① 과식　② 폭식　③ 비만
④ 제품 홍보　⑤ 무분별한 소비

4 다음 먹방 광고 문구 중 과장된 표현을 찾아 쓰고, 그렇게 생각한 까닭을 쓰세요.

비판

(1) 과장된 표현: ______________________

(2) 과장되었다고 생각한 까닭: ______________________

____

비판의 눈으로 읽기

모든 글이 바르고 타당한 것은 아니에요. 그래서 글을 읽을 때에는 글의 내용이 바르고 정확한지 따져 가며 읽어야 해요. 글쓴이의 의견이 알맞은지, 근거로 든 내용이 사실인지를 따져 보아야 하지요. 또, 글에 나온 자료들의 출처가 분명한지도 따져 보세요.

비판의 눈으로 읽기

글을 비판하며 읽는다는 것은 글쓴이의 생각을 공격하거나 글의 가치를 낮추어 평가하는 것이 아니라, 글의 내용과 표현에 대하여 옳고 그름과 잘되고 잘못됨을 평가하며 읽는 것을 말해요. 즉, 여러 가지 기준에 비추어 글의 의미와 가치를 폭넓게 이해하는 적극적인 읽기 방법이랍니다.

다음 5단계의 비판하며 읽기 방법을 익혀 적극적으로 실천해 보세요.

1단계 글에서 사실과 의견을 구별해 보아요.
2단계 주장과 근거를 찾아보고 근거가 타당한지 생각해요.
3단계 글쓴이가 글을 쓴 의도를 찾아보고 어느 한쪽에 치우치지는 않았는지 생각해 보아요.
4단계 글의 내용이 정확한지 글쓴이의 생각이나 의견이 공정한지도 판단해 보아요.
5단계 글쓴이와 다른 관점에서도 살펴보고, 문제 해결이 가능한 방법이 더 있는지 생각해 보아요.

1 다음 광고 문구를 보고 비판적으로 읽어야 할 항목에 해당하는 번호를 쓰세요.

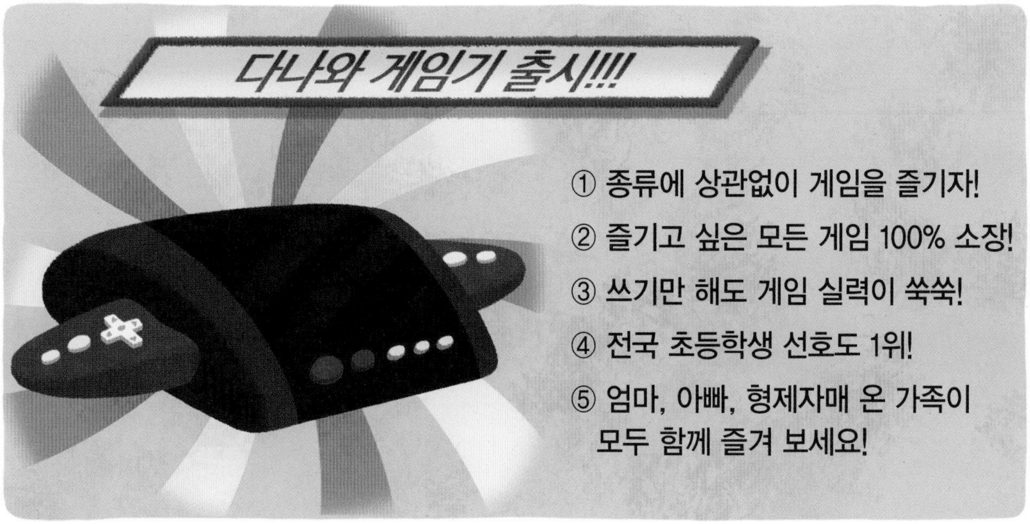

(1) 과장된 표현: (　　　　　)　　　　(2) 감추려는 내용: (　　　　　)

이번 주 나의 독해력은?	
	이번 주 학습을 모두 끝마쳤나요?
	이야기의 시점을 알고 바꾸어 쓸 수 있나요?
	글의 설명 방법을 알고 바꾸어 쓸 수 있나요?

정답 1. (1) ②, ③ (2) ④

세 마리 토끼 잡는

초등 독해력

정답 및 풀이

쪽수를 잘 보고 정확한 정답과
자세한 풀이를 만나 보세요.

1주 12~13쪽 개념 톡톡

★ 5, 5 **1.** (1) 인 (2) 배 (3) 사 **2.** (1) 예 흥부에게 음식을 주었을 것이다. (2) 예 빗자루로 흥부를 때리거나 쫓아냈을 것이다.

★ 그림에서 인물, 사건, 배경은 서로가 동일한 영향을 주므로, 사건 톱니바퀴가 5칸 돌아가면 인물, 배경 톱니바퀴도 모두 5칸씩 돌아갑니다.

1. (1) '형제'라는 인물이 나타나 있습니다. (2) '햇빛이 쨍쨍 내리쬐던 날'이라는 시간적 배경이 드러나 있습니다. (3) 형제가 한 일이 드러나 있습니다.
2. 놀부의 아내가 착했다면 흥부를 때리지 않았을 것이고, 마당에서 만났다면 주걱으로 때리지 않았을 것입니다.

1주 14~15쪽 독해력 활짝

1. ③ **2.** 비가 주룩주룩 오는 어느 날 오후 **3.** (1) ○

1. ③은 마귀가 한 일입니다. 나머지는 이반의 착하고 성실한 성격 때문에 일어난 일입니다.
2. 선비가 재상 앞으로 끌려온 것은 비가 와서 가마의 행차 소리가 들리지 않았기 때문입니다.
3. 창남은 철봉을 잘 못하면서도 이백 번 넘게 연습을 하는 것으로 보아, 끈기 있게 노력하는 성격입니다.

1주 16~17쪽 독해력 쑥쑥

1. ③, ④ **2.** 알자스와 로렌 지방의 학교에서는 독일어만 가르치라는 지시 **3.** ⑤ **4.** (2) ○

1. ①, ②는 '나'가 마지막 수업 전에 했던 일입니다. ⑤는 '나'를 후회하게 만든 일로, 낯선 일이 아닙니다.
2. ㉠은 아멜 선생님의 말 '"여러분, 오늘이~들어주기 바랍니다."'에 나타나 있습니다.
3. 이 글에는 프란츠가 마지막 프랑스어 수업을 받게 되어 후회하게 된 일이 나타나 있습니다. 알자스와 로렌 지방의 학교에서 독일어만 가르치라는 지시가 내려와 더 이상 프랑스어를 배울 수 없게 되었기 때문입니다.
4. '나'는 마지막 수업을 하게 되자, 프랑스어가 정겹고 소중하게 느껴졌습니다. 이와 비슷한 경험은 다리를 다쳐서 다리의 소중함을 깨닫게 된 (2)입니다.

1주 18~19쪽 개념 톡톡

★ 3, 4, 6, 5, 1, 2 **1.** ㉰, ㉮, ㉯ **2.** (1) ④ (2) ① (3) ② (4) ③

★ 소년은 자라서 청년이 되고, 어른이 되어 늙어 갑니다. 나무와 소년 사이에 일어난 일의 차례를 파악하여 번호를 씁니다.

1. '중년', '노인', '청년'처럼 소년의 나이가 드러나는 말에서 사건의 흐름을 알 수 있습니다.
2. 소년이 자라서 청년이 되고 중년과 노인으로 늙어 감에 따라 나무 역시 모습이 변해 갑니다. 잎이 무성하고 열매를 맺었던 나무는 점차 열매와 줄기가 사라지고 밑동만 남겨집니다.

1주 20~21쪽 독해력 활짝

1. 교무실 **2.** ③ **3.** ㉮, ㉯, ㉱, ㉰

1. 엄마와 함께 학교 가는 길에 가슴이 두근거렸습니다. 이후 엄마는 교무실에서 '나'를 선생님께 맡기셨고, '나'는 선생님을 따라 6학년 1반 교실에 갔습니다.
2. 마지막 문단에서 안창호가 조국을 구하려는 마음으로 머리를 잘랐다는 것을 알 수 있습니다.
3. 할아버지가 내신 수수께끼를 나와 영인이가 차례로 맞혔습니다.(㉮, ㉯) 기특한 우리를 할아버지께서 안아 주셨고,(㉱) 나는 할아버지가 엄마 아빠보다 더 좋아졌습니다.(㉰)

1주 22~23쪽 독해력 쑥쑥

1. ③ **2.** (3) ○ **3.** ② **4.** (2) ○

1. 왕이 잔치를 베푼 까닭은 '이 사실을 알게 된 왕은~큰 잔치를 베풀기로 하였다.'에 나타나 있습니다.
2. 이야기에서 사건의 흐름을 차례대로 정리하면, (2)→(1)→(4)→(3)의 순입니다.
3. 이 이야기의 공간적 배경은 궁궐로, 장소가 바뀌지 않았습니다.
4. '지성이면 감천'은 정성이 지극하면 하늘도 감동한다는 뜻으로, 심청의 지극한 효심이 심 봉사의 눈을 뜨게 한 내용에 알맞습니다.

1주 24~25쪽 개념 톡톡

★ ⑵, ⑸ 1. ⑴ 비빔냉면 ⑵ 콩나물국 2. ⑴ ③ ⑵ ④ ⑶ ① ⑷ ②

★ ⑴은 표, ⑶, ⑹은 사진, ⑷는 동영상 자료의 특성에 대한 설명입니다.

1. 왼쪽의 도표에서 막대그래프의 높이가 가장 높은 것은 '비빔냉면'이고, 가장 낮은 것은 '콩나물국'입니다.
2. ⑴ 음악이나 자막을 넣을 수 있는 자료는 동영상입니다. ⑵ 직접 경험할 수 있는 자료는 실물 자료입니다. ⑶ 설명하는 대상의 모습을 한눈에 정확하게 볼 수 있는 것은 사진 자료입니다. ⑷ 여러 자료를 간단히 나타내어 수량을 비교할 수 있는 것은 표 자료입니다.

1주 26~27쪽 독해력 활짝

1. 수량 2. ③, ⑤ 3. ⑶ ○ 4. ⑴ ② ⑵ ③ ⑶ ①

1. ㉠을 ㈏의 표로 간단히 나타내면, 여러 가지 자료의 수량을 비교하기 쉽습니다.
2. 사진 자료의 특성으로 알맞은 것은 ③, ⑤입니다.
3. 표와 도표 중 자료를 간단히 나타낼 수 있는 것은 표이고, 수량의 변화를 보기 편리한 것은 도표입니다.
4. ⑴ 사라진 직업의 종류와 수, 그 까닭을 직업별로 정리하는 데는 표가 알맞습니다. ⑵ 물장수의 모습과 소리를 생생하게 보여 주는 것은 동영상 자료입니다. ⑶ 세계 여러 나라의 크리스마스 풍경을 보여 주는 데는 사진이 알맞습니다.

1주 28~29쪽 독해력 쑥쑥

1. ④ 2. ⑴ ㉯ ⑵ ㉰ 3. 예 어린이 보행자 하교 시간 조심 / 새 학년 초등학생 교통사고에 주의하자 4. ④

1. ④는 ㈏의 '하교 시간에 가장 많은 사상자가 생겼다.'라는 부분에 나타나 있습니다.
2. ㉠에는 초등학생 교통사고 사상자의 수량을 보여 주기 좋은 원그래프 자료가, ㉢에는 안전 수칙을 보여 주는 사진 자료가 알맞습니다.
3. 중심 내용인 '새 학년 초등학생 보행자 교통사고에 유의하자'는 내용이 담긴 제목을 씁니다.
4. ①과 ⑤는 실현 불가능한 방법, ②는 모든 사람이 신경 써야 하는 내용, ③은 초등학교 저학년 학생이 알아야 할 내용입니다.

1주 30~31쪽 개념 톡톡

★ ⑸ ○ 1. ⑴ 시작하는 말 ⑵ 끝맺는 말 ⑶ 설명하는 말 2. ⑴ × ⑵ ○ ⑶ × ⑷ ○ 3. ㉰

★ 범인의 성별, 머리와 얼굴 모습, 옷차림에 대한 내용을 살펴봅니다.

1. ⑴은 발표 주제이므로 시작하는 말입니다. ⑵는 발표 내용을 정리하는 부분이므로, 끝맺는 말입니다. ⑶은 범인의 생김새와 옷차림 등에 대한 핵심 내용이므로, 설명하는 말입니다.
2. ⑴ 자료를 활용할 때는 너무 길고 복잡하지 않아야 합니다. ⑶ 자료의 크기는 발표하는 상황의 특성에 따라 다릅니다. 교실이나 강당처럼 넓은 공간에서 발표하는 경우에만 크게 확대합니다.

1주 32~33쪽 독해력 활짝

1. ③ 2. ㉯ 3. ⑴ ○ ⑵ ○ ⑶ × 4. ②

1. 2모둠의 발표 주제는 '저희 모둠은~발표를 준비했습니다.'에 나타나 있습니다.
2. ㉯의 내용에 어울리는 자료는 나눔 기술의 예를 보여 줄 수 있는 사진 자료입니다.
3. 사진 자료에서 볼 수 있듯이 독도에는 편리한 교통 시설이 잘 갖추어져 있지 않습니다.
4. 우리말에서 사라진 낱말의 자료는 줄임 말에 대한 발표 주제와 관련이 없습니다.

1주 34~35쪽 독해력 쑥쑥

1. 지구 온난화가 가져올 우리나라 농작물 재배 지역의 변화 2. ④, ⑤ 3. ② 4. ㉰

1. 발표 주제는 시작하는 말의 처음 부분에 있습니다.
2. ① 제주 감귤이 사라지고 전국에서 감귤이 재배될 것이라고 하였습니다. ②, ③ 복숭아와 사과의 재배 지역이 줄어들 것이라고 하였습니다.
3. 발표할 때 묻는 문장을 사용하면 주의가 집중되어 듣는 사람의 흥미를 끌게 하는 효과가 있습니다.
4. 글에서 우리나라의 연평균 기온이 오르면서 복숭아와 사과의 재배는 줄어들고 아열대 과일인 감귤이 흔해진다고 하였습니다. 이와 같은 내용에 알맞은 반응은 ㉰입니다.

1주 36~37쪽 개념 톡톡

★ 예 내 백성에게 함부로 대하지 말거라. 1. (1) ③ (2) ② (3) ① 2. (1) 눈을 동그랗게 뜨고 (2) 손사래를 치며

★ 문지기가 거지를 내쫓는 장면에 어울리는 왕자의 대사를 씁니다.
1. (1) ㉠은 연극의 무대를 어떻게 나타낼지 때, 곳, 나오는 사람들을 설명하는 해설입니다. ㉡은 괄호 안에 인물의 행동이나 표정을 나타내는 지문입니다. ㉢은 인물이 직접 하는 말인 대사입니다.
2. 극의 흐름으로 볼 때 ㉮에는 놀라고 화가 날 때 하는 표정, ㉯에는 어떤 사실을 부정할 때 하는 동작이 들어가야 알맞습니다.

1주 38~39쪽 독해력 활짝

1. (1) ○ (3) ○ 2. ③ 3. (1) ③ (2) ② (3) ①

1. (2) 극본에서는 인물의 마음을 대사와 지문으로 설명합니다. (4)는 지문의 역할입니다.
2. 설희는 의지를 표현하고 있으므로, 낮고 힘 있는 말투가 알맞습니다.
3. ㉠은 등장인물이므로, 해설의 '나오는 사람들'로 바꿉니다. ㉡은 시간적 배경이므로 해설의 '때'로 바꿉니다. ㉢은 아우가 직접 말한 것이므로 아우의 대사로 바꿉니다.

1주 40~41쪽 독해력 쑥쑥

1. ① 2. ⑤ 3. ④ 4. (3) ○

1. 극본은 무대에서 공연하기 위한 글입니다. ②는 수필, ③은 일기에 대한 설명입니다.
2. 대사에 있는 인물들을 보면 '나오는 사람들'을 알 수 있습니다.
3. 집에 돌아갈 희망이 생긴 도로시에게는 높고 기쁜 목소리가 어울립니다. 또, 기억을 하지 못해 슬퍼하는 허수아비에게는 낮고 슬픈 목소리가 어울립니다.
4. 허수아비는 오즈의 마법사를 만나면 자신이 갖고 싶은 뇌를 얻을 수 있다는 기대감에 차 있으므로, 들뜬 목소리가 어울립니다.

2주 46~47쪽 개념 톡톡

★ 예 (1) 1칸 (2) 2칸 (3) 3칸 (4) 4칸 (5) 5칸 (6) 2칸
1. (1) 발단 (2) 결말 (3) 전개 (4) 절정 2. ㈎ 1, 2 ㈏ 3, 4 ㈐ 5 ㈑ 6

★ 이야기에서 벌어지는 사건을 따라가면서 가장 긴장되는 부분에 가장 많은 칸을 색칠합니다.
1. (1) 이야기에서 등장인물이 나오고 사건이 시작되는 부분은 '발단'입니다. (2) 갈등이 풀어지고 사건이 해결되는 부분은 '결말'입니다. (3) 사건이 본격적으로 일어나 인물 사이의 갈등이 생기는 부분은 '전개'입니다. (4) 이야기에서 갈등이 커지고 긴장감이 높아지는 부분은 '절정'입니다.
2. 이 이야기는 '할아버지가 삼년 고개에서 넘어짐.–할아버지가 삼 년밖에 못 산다고 걱정함.–청년에게 해결 방법을 듣고 삼년 고개에서 여러 번 넘어짐.–행복하게 오래오래 삶.'의 구조로 되어 있습니다.

2주 48~49쪽 독해력 활짝

1. ㈑ 2. ③

1. 이 글은 자라에게 속아 용궁에 간 토끼가 용궁에서 죽을 위기에 처하자, 재치 있는 말로 다시 육지에 돌아오는 이야기입니다. 이 중 사건이 해결되는 부분인 ㈑는 육지로 돌아와서 토끼가 도망가는 장면입니다.
2. 사건의 차례를 정리하면 '⑤→②→①→④→③'입니다.

2주 50~51쪽 독해력 쑥쑥

1. ③ 2. (1) 1 (2) 3 (3) 2 (4) 4 3. ⑤ 4. (3) ○

1. 최 서방의 말 '며칠 전 소인의 아내가~되찾아 주십시오.'에 최 서방이 부탁한 내용이 나타나 있습니다.
2. 이야기에서 일어난 사건을 간추리면 (1)→(3)→(2)→(4)의 순입니다.
3. ㈑는 오성과 한음이 최 서방의 억울함을 풀어 주는 장면입니다. 그래서 이야기에서 사건 속의 갈등이 커지고 긴장감이 높아지는 '절정' 부분에 해당합니다.
4. 이 대감은 숙부가 암행어사라는 오성의 말을 듣고 갑자기 행동을 바꾸었습니다. 이것으로 보아, 오성이 암행어사인 숙부에게 고해 바칠까 봐 두려워한다는 것을 알 수 있습니다.

2주 52~53쪽 개념 톡톡

★ 옛날에, 토끼와, 거북이는, 토끼는 1. (1) ② ○ (2) ② ○ (3) ② ○ (4) ② ○ 2. 산꼭대기, 낮잠, 깜짝 놀랐다, 승리한

★ 사건이 시작되는 부분, 갈등이 일어나는 부분, 긴장감이 높아지는 부분, 사건이 해결되는 부분의 네 부분으로 이야기를 나누어 문단의 첫 낱말을 씁니다.
1. '발단–전개–절정–결말'에 해당하는 ①, ②의 내용을 비교하고 둘 중 중요한 내용을 고릅니다.
2. 〈문제 1번〉에서 찾은 중요한 내용을 정리하여 이야기의 내용을 요약합니다.

2주 54~55쪽 독해력 활짝

1. ① 2. (2) ○

1. 이 글에서 ㈎는 발단, ㈏~㈑는 전개, ㈒는 절정, ㈓는 결말 부분에 해당합니다. 절정 부분인 ㈒에서 일어난 일은 한 달이 지나도 아들이 돌아오지 않아 부부가 애를 태운 일입니다.
2. ㈐에서 코델리아는 오갈 데 없이 광야에서 헤매는 리어왕의 소식을 듣고 프랑스 군대를 일으킵니다. 보기는 이 일의 원인이 되는 사건이므로, ㈐의 앞에 들어가야 합니다.

2주 56~57쪽 독해력 쑥쑥

1. ④ 2. ㉣ 3. ② 4. 예 부부의 진실한 사랑 / 사랑의 소중함

1. 짐과 델라가 서로를 생각해서 산 선물은 당장 쓸 수 없는 선물이었습니다.
2. 짐이 델라의 짧아진 머리를 보고 놀라면서 사건이 본격적으로 시작됩니다.
3. 주어진 부분은 이야기의 구조 중 문제가 해결되는 결말입니다.
4. 글쓴이는 서로를 진심으로 사랑한 부부의 이야기를 통해 사랑의 소중함을 전하고 싶은 것입니다.

2주 58~59쪽 개념 톡톡

★ 저금할 돈이 많다, 준비물이 많아져 지출할 곳이 늘어났다. 1. (1) 올려야 한다. (2) 올리지 말아야 한다. 2. (2) ○ 3. (1) 예 저금할 돈이 없다. (2) 예 무분별한 지출이 많다. 4. 존중

★ 두 사람의 주장을 살펴보고 주장을 뒷받침하지 못하는 근거를 찾습니다.
2. 엄마는 용돈을 주는 상황, 아이는 용돈을 받는 상황이므로 처한 상황이 다릅니다.
3. 알맞지 않은 근거는 상대편 주장의 근거가 됩니다. 따라서 각각의 주장을 뒷받침할 수 있도록 '저금할 돈이 없다.(적다)'와 '무분별한 지출이 많다.' 등으로 바꾸어야 합니다.

2주 60~61쪽 독해력 활짝

1. ② 2. (2) ○ 3. ㉤ 4. ②, ⑤

1. 문제 상황은 글의 첫 부분에 나타나 있습니다.
2. 글쓴이는 급식을 남겼을 때의 여러 가지 문제점을 근거로 들고 있으므로 주장으로 알맞은 것은 (2)입니다.
3. ㉤은 '스마트폰을 쓰지 말아야 한다.'는 주장을 뒷받침하는 근거입니다.
4. ㈏는 ②, ⑤와 같은 근거를 들어 '공공장소에서 반려견에게 입마개를 씌워서는 안 된다.'는 주장을 하고 있습니다. ③은 ㈎의 주장이고, ①, ④는 ㈎의 주장에 대한 근거입니다.

2주 62~63쪽 독해력 쑥쑥

1. 복도에서 뛰는 문제를 어떻게 해결할 것인가? 2. ① 3. (1) ○ (2) ○ 4. ③ 5. (1) 예 ② (2) 예 벌금을 내게 해도 뛰는 친구들은 습관이 되어 다시 뛰어다닐 것이기 때문이다.

1. 사회자의 말에 토의 주제가 들어 있습니다.
2. ①은 글에서 알 수 없는 내용입니다.
4. 개인적 취향은 근거로 알맞지 않습니다.
5. 〈서술형〉 ❶ 어떤 주장을 할 것인지 ①, ② 중 하나를 골라 입장을 정합니다. ⇨ ❷ 주장을 뒷받침하는 알맞은 근거를 생각하여 쓰고, 근거가 주장을 잘 뒷받침하는지 확인합니다.

2주 64~65쪽 개념 톡톡

★ (1) 2 (2) 3, 4, 6 1. (1) 주장 (2) 근거, 자료 (3) 요약 2. (1) 즉석식품을 먹지 말아야 한다. (2) 화학 첨가물이 들어 있어 몸에 좋지 않다. / 열량이 높아 비만이 되기 쉽다. / 일회용 포장 용기가 환경을 오염시킨다.

★ 즉석식품의 심각성을 드러낸 문제 상황에 알맞은 주장과 근거를 찾습니다.
2. 그림 아래쪽에 있는 내용 중 서론과 본론의 짜임에 맞게 (1)에는 주장을 (2)에는 근거를 씁니다.

2주 66~67쪽 독해력 활짝

1. ③ 2. (2) ○ 3. 본론 4. ④

1. 이 글은 우리나라 청소년들의 수면 시간이 부족하다는 것을 문제 상황으로 파악하고 있습니다.
2. 이 글은 돌고래들이 자유를 잃고 쇼를 하며 좁은 공간에서 생활하는 문제 상황에 대해 말하고 있습니다. 따라서 이에 대한 주장으로 알맞은 것은 (2)입니다.
3. 주장에 대한 근거가 나타나 있으므로, 논설문의 짜임 중 본론에 해당합니다.
4. ㉣은 '기념일에 선물을 해야 한다.'는 주장을 뒷받침하기에 알맞은 근거입니다.

2주 68~69쪽 독해력 쑥쑥

1. ① 2. (1) ○ 3. ㈏, ㈐, ㈑ 4. ⑤ 5. 예 빨대 대신 입 대고 마시기, 개인 컵 사용하기, 쓰레기 분리수거

1. ①은 플라스틱의 장점입니다.
2. 글쓴이의 주장은 ㈎, ㈒에 들어 있습니다.
3. 글쓴이는 일회용 플라스틱이 썩지 않아 처리 비용이 많이 든다는 점(㈏), 바다 생물의 생존을 위협하는 점(㈐), 재활용률이 낮은 점(㈑)을 근거로 들어 주장을 뒷받침하였습니다.
4. ㈒는 결론으로, 글 내용을 요약하고 주장을 다시 한 번 강조합니다.
5. 〈서술형〉 ❶ 내가 사용하는 일회용 플라스틱에는 무엇이 있는지 떠올립니다. ⇨ ❷ 생활 속에서 줄이거나 없앨 수 있는 실천 방법을 생각해서 씁니다.

2주 70~71쪽 개념 톡톡

★ (1) 1 (2) 3, 6 (3) 2, 8 (4) 7 (5) 4 (6) 5 1. (1) 예 매우 그렇다 (2) 예 매우 그렇다 (3) 예 매우 그렇다 2. (1) 주관적인, 객관적인 (2) 단정적인

★ 주어진 쓰임새를 살펴보고 쓰임새에 알맞은 모자의 재질과 모양을 골라 번호를 씁니다.
1. 아프리카의 아기들에게 털모자를 선물하자는 주장은 가치 있고 중요합니다. 근거로 든 아프리카의 날씨와 저체온증은 주장과 관련이 있으며, 주장을 잘 뒷받침합니다.
2. 논설문에는 주관적인 표현이나 의미가 분명하지 않은 모호한 표현은 쓰지 않아야 합니다. 또 단정적인 표현은 조심해서 써야 합니다.

2주 72~73쪽 독해력 활짝

1. (2) ○ 2. ④ 3. ③ 4. 예 환경을 위한다면 플라스틱 필통을 사용하지 말고 천 필통을 사용해야 한다.

1. 집안일을 모두가 나누어 맡아야 하는 현재의 문제 상황과 관련하여 주장이 가치 있고 중요한지 알맞게 판단한 것은 (2)입니다.
2. ㉣은 착한 거짓말을 하게 되는 상황에 대한 설명입니다. 따라서 '거짓말을 하지 말자.'는 주장에 대한 근거로 알맞지 않습니다.
3. 네 가지 근거 중 글쓴이가 주장하는 내용과 관련이 없는 것은 네 번째 근거입니다. 나머지 근거는 모두 사실이며 주장을 잘 뒷받침하고 있습니다.
4. ㉠에서는 '절대로'와 같은 단정적인 표현은 쓰지 않는 것이 좋습니다.

2주 74~75쪽 독해력 쑥쑥

1. ④ 2. ③ 3. (1) ○ 4. ㉰

1. 인싸 문화의 장단점을 살펴보면서 서로 다름을 존중하는 문화로 만들어 나가자고 주장하고 있습니다.
2. 인싸 문화의 긍정적 영향을 교복 회사의 설문 조사를 근거로 들어 설명하였습니다.
3. ㉠의 '~하는 편이다.'는 모호한 표현입니다.
4. 글쓴이는 인싸 문화에 대해 서로의 다름을 존중하고 받아들이자는 비판적 입장입니다. ㉰는 인싸템이 나에게 필요한지 따져 보고 받아들였습니다.

3주 78~79쪽 개념 톡톡

★ 두 번째 그림 1. (1) 마을, 집 (2) 눈빛, 달빛 2. (1) 예 강아지 (2) 예 동생의 눈 (3) 예 슈퍼맨

★ 시의 내용처럼 눈에 뒤덮힌 마을과 나의 모습을 표현한 장면을 찾습니다.
1. 말하는 이가 눈이 쌓인 모습을 '그림 같다'고 표현한 두 대상과 '환한 빛이 난다'고 표현한 두 대상을 찾아 씁니다.
2. 친구, 샛별, 아빠와 공통점을 가진 대상을 생각해서 빈칸에 알맞게 씁니다.

3주 80~81쪽 독해력 활짝

1. ⑤ 2. ①, ③

1. 이 시에서는 제비꽃, 민들레와 같은 봄꽃들이 나비가 딛고 가는 봄의 디딤돌이라고 표현했습니다.
2. ㉠은 방에서 찬밥처럼 외롭게 어머니를 기다리는 '나'의 모습을 비유한 표현입니다. ㉡은 장사에 지쳐 피곤한 발걸음으로 돌아오시는 어머니의 모습을 비유한 표현입니다.

3주 82~83쪽 독해력 쑥쑥

1. ② 2. 햇비 3. ①, ③ 4. (4) ○

1. ㈎는 여우비를, ㈏는 돌담을 비추는 햇살을 글감으로 쓴 시입니다. ①, ③은 ㈎, ④, ⑤는 ㈏에 대한 설명입니다.
2. 말하는 이는 볕이 있는 날 잠깐 내리는 여우비를 수줍은 아씨에 빗대어 표현하였습니다.
3. 하늘다리와 무지개는 공중에 떠서 두 곳을 연결해 주는 대상입니다. ② '무지개'는 현실에서 볼 수 있습니다. ④ '무지개'에 대한 내용입니다. ⑤ 하늘다리, 무지개와 상관없는 내용입니다.
4. '에메랄드'는 파란 하늘을 표현한 말로, 마지막 행은 말하는 이의 소망을 나타냅니다.

3주 84~85쪽 개념 톡톡

★ (1) ①, ⑤ (2) ③, ⑤ (3) ③, ④ (4) ②, ④ (5) ②, ⑥
1. (1) 장미, 불 (2) 참외, 복숭아 (3) 강, 다리 (4) 택시, 구급차 (5) 아파트, 빌딩 2. (1) 예 빌딩 (2) 예 치타

★ '빨갛다, 맛있다, 길다' 등의 공통점을 가진 대상끼리 묶어 선으로 잇습니다.
1. 보기에 있는 대상을 성질이 비슷한 것끼리 분류하여 빈칸에 넣습니다.
2. '높다', '빠르다'라는 공통점을 가진 두 대상을 떠올려 빈칸에 씁니다.

3주 86~87쪽 독해력 활짝

1. ④ 2. 호수 3. ③

1. 시에서 말하는 이는 나를 '뽀얗고, 조그맣고, 귀여운' 찻숟갈에 빗대어 표현했습니다. 또, 찻잔 옆에 있는 찻숟갈처럼 나도 아버지 옆에 앉아 있습니다.
2. '보고 싶은 마음'과 '호수'는 넓고 깊다는 공통점이 있습니다. 그래서 말하는 이는 보고 싶은 마음을 호수에 빗대어 표현하였습니다.
3. 비유적인 표현은 시의 내용을 쉽게 전달하고 익숙한 대상을 새롭게 만듭니다. 3연에서 '생각에 잠긴다.'고 한 것은 나의 마음이 성장하는 것을 나무에 빗대어 표현한 것입니다.

3주 88~89쪽 독해력 쑥쑥

1. ④ 2. (3) ○ 3. ③ 4. ㉯

1. 이 시는 따뜻하고 평온한 자연의 느낌이 떠오르는 시입니다.
2. '바퀴'와 '실뭉치'는 모두 잘 구르는 특성이 있습니다. (2)의 부드럽고 폭신폭신한 느낌을 가진 것은 실뭉치의 특징입니다.
3. '목도리'와 '고속 도로'는 둘 다 무엇인가를 감을 수 있게 길다는 특성이 있습니다.
4. '누나의 목도리'는 색깔보다 어린 시절의 모습을 떠올리게 하는 물건이라는 점을 살펴야 합니다.

3주 90~91쪽 개념 톡톡

★ (1) ④ (2) ② (3) ⑥ (4) ⑤ (5) ① (6) ③ 1. (1) 백지장도 맞들면 낫다 (2) 등잔 밑이 어둡다 (3) 말 한마디에 천 냥 빚도 갚는다

★ 초성과 조사를 보고 알맞은 속담을 떠올립니다. 그리고 그 속담의 뜻을 선으로 잇습니다.
1. (1) 무거운 책을 옮기는 친구를 돕는 상황, (2) 바로 앞에 떨어진 연필을 찾지 못하는 상황, (3) 자신의 잘못을 솔직히 말하고 용서 받은 상황에 어울리는 속담을 찾습니다.

3주 92~93쪽 독해력 활짝

1. ② 2. (2) ○ 3. ①, ④ 4. (2) ○

1. 이 글은 한 사람이 호랑이를 잡을 방법을 찾았지만 아무도 동굴에 들어가서 호랑이를 잡겠다고 나서는 사람이 없는 상황입니다. 이와 같은 상황에 어울리는 속담은 ②입니다.
2. ㉠은 기본이 되는 것보다 덧붙이는 것이 더 많거나 큰 경우를 비유적으로 이르는 말입니다. 이와 비슷한 상황으로 알맞은 것은 (2)입니다.
3. 글쓴이는 읽는 사람이 흥미를 느끼게 하고, 자신의 생각을 효과적으로 드러내려고 속담을 사용하였습니다.
4. 쉬운 일이라도 협력하면 훨씬 쉽다는 뜻의 ㉠과 비슷한 뜻의 속담은 (2)입니다.

3주 94~95쪽 독해력 쑥쑥

1. ① 2. ㉯ 3. ⑤ 4. (2) ○

1. 글쓴이의 주장은 ㈒에 나타나 있습니다.
2. 글쓴이는 서론에서 읽는 사람의 흥미를 느끼게 하려고 속담을 사용하였습니다. 또, 속담을 사용하면 자신의 생각을 효과적으로 드러낼 수 있습니다.
3. ㉡은 ㈐의 첫 번째 문단에 있는 중심 문장을 뒷받침하는 예로 쓰였습니다.
4. ㉢은 항상 친구의 옆에 있으면서 마음을 살피는 상황을 나타내므로, 이와 어울리는 속담은 (2)입니다.

3주 96~97쪽 개념 톡톡

★ (2) ○ (3) ○ 1. (1) 지구 온난화 (2) 자동차 (3) 발, 자연 (4) 지구 온난화 2. 지구, 보다

★ 광고 문구와 발자국 나무 그림이 표현하는 것을 알맞게 이해한 것을 고릅니다.
1. 주어진 광고 문구의 각 문장 속에 들어 있는 숨은 내용을 찾습니다.
2. 이 광고에서는 한자어 '발견'을 한 글자씩 떼어 재해석했습니다. '발'은 발음이 같은 낱말인 우리 몸의 발로 해석해 '발을 보다'라는 뜻으로 바꾸었습니다.

3주 98~99쪽 독해력 활짝

1. ⑤ 2. (3) ○ 3. ③ 4. (3) ○

1. 행복한 왕자의 말과 '제비는 마음이 약해졌다.'는 부분에서 뒷이야기를 상상할 수 있습니다.
2. (3)은 글 속에서 찾을 수 있는 단서가 없습니다. 빈칸의 앞부분에서 (1), (2)를 추론할 수 있습니다.
3. 마지막 문단에서 화석 연료 사용과 대안에 대한 글쓴이의 생각을 파악한 것은 ③입니다.
4. ㉠은 정원 가꾸기를 좋아하는 외국에서 호미의 실용성을 인정받아 유명해졌다는 내용입니다. 호미가 외국에서 인정받은 점은 정원을 꾸밀 때 다양한 작업을 할 수 있다는 점입니다. 따라서 (3)은 ㉠을 읽고 추론한 내용으로 알맞지 않습니다.

3주 100~101쪽 독해력 쑥쑥

1. ③ 2. (1) 문화재를 다시 돌려주는 일 (2) 있는 곳 3. ⑤ 4. (2) ○

1. 글쓴이는 약탈한 문화재를 찾더라도 여러 가지 이유로 돌려받기 어렵다고 하였습니다.
2. ㈏, ㈐에 해외 문화재를 환수하지 못하는 까닭이 드러나 있습니다.
3. ㈎의 처음 부분으로 미루어 역사적으로 혼란한 시기에 문화재 관련 자료들이 불타거나 사라졌음을 알 수 있습니다.
4. 글쓴이는 문화재를 지켜 내려면 정부와 민간이 함께 힘과 지혜를 모아야 한다고 했습니다.

3주 102~103쪽 개념 톡톡

★ (1) ② (2) ② 1. (1) ③ ○ (2) ② ○ 2. (1) 예 아버지를 아버지라고 부를 수 없었다. (2) 평등한 (3) 예 형편이 어려운 백성들이 많았다. (4) 행복한

★ 홍길동이 아버지를 아버지라고 부르지 못하는 슬픈 마음을 터놓고 말하는 장면과 백성들에게 재물을 나누어 주는 장면에서 모두 ②와 같은 생각을 알 수 있습니다.
1~2. 홍길동이 처한 상황과 했던 말에서 신분이 사라진 평등한 세상, 백성 모두가 행복한 세상이 홍길동이 추구하는 가치임을 알 수 있습니다.

3주 104~105쪽 독해력 활짝

1. ② 2. ② 3. ㉢ 4. ④

1. 이 시에서 이순신은 큰 싸움을 앞두고 나라를 걱정하고 있습니다. '한산섬'과 '수루' 등에서 이 시가 임진왜란 때 쓰여졌다는 것을 파악하면, 시에 나타난 '깊은 시름'이 나라를 위한 걱정임을 알 수 있습니다.
2. 스크루지는 유일한 친구 말리가 죽은 후에도 돈만 추구하는 삶을 살고 있습니다.
3. 윤석중이 혼자 생각한 것에 추구하는 가치가 담겨 있습니다.
4. 큰아들이 동생들과 다리를 놓은 까닭은 '큰아들은~안타까웠어요.'에 나타나 있습니다.

3주 106~107쪽 독해력 쑥쑥

1. ③ 2. ① 3. ㈏, ㈐ 4. (2) ○

1. ㉠에서 파바로티가 태어날 때부터 성악에 재능을 보이지 않았다는 것을 알 수 있습니다. 또 '내 실력은 이름난~준비하면서 연습한 결과야.'에서 파바로티가 재능보다 노력으로 뛰어난 성악가가 되었다는 것을 알 수 있습니다.
2. ㉡~㉤에서 파바로티의 음악을 향한 노력과 열정을 엿볼 수 있습니다.
3. 마지막 문장에 파바로티의 성공 비결이 나타나 있습니다.
4. 파바로티가 추구하는 가치인 꾸준한 연습, 준비된 자세와 관련하여 나의 삶을 비교한 것은 (2)입니다.

4주 112~113쪽 개념 톡톡

★ (2) ○ 1. (1) ③ (2) ① (3) ② 2. 예 안중근, 매일 책을 읽으면서 마음가짐을 다듬는 안중근의 태도에서

★ 심청이 인당수에 몸을 던진 것은 아버지의 눈을 뜨게 하려는 효심 때문입니다.
2. 세 사람이 추구하는 가치 중에서 자신에게 적용할 수 있는 것을 찾아 본받고 싶은 점을 생각하며 씁니다.

4주 114~115쪽 독해력 활짝

1. (2) ○ 2. ③ 3. (2) ○ 4. 예 우리나라의 독립, 우리나라의 독립, 비슷한

1. 테레사 수녀의 말 속에는 인물이 추구하는 가치가 들어 있습니다.
2. 강도를 만난 남자를 대하는 두 친구의 태도에서 이 글의 주제를 미루어 알 수 있습니다.
3. 이수현의 이야기에는 남을 위해 희생할 줄 아는 태도가 나타나 있습니다.
4. 윤봉길과 김구 모두 우리나라의 독립을 추구합니다. 둘은 비슷한 가치를 추구하고 있습니다.

4주 116~117쪽 독해력 쑥쑥

1. ④ 2. ②, ⑤ 3. (1) ○ 4. 예 나는 잘못한 일을 빨리 잊어버리려고 한다. 그렇지만 앤이 잘못한 일을 똑바로 바라보고 깊이 뉘우치는 것을 보고 나의 태도를 반성하게 되었다.

1. ㈎의 앤이 한 말에서 토마스 아주머니가 잘해 주지 못한 것을 알 수 있습니다.
2. ㈎의 '"이름이 중요하겠니?~되는 거지."', '지금까지 누구에게도~생각이 들었다.' 부분에 마릴라가 추구하는 가치가 나타나 있습니다.
3. 앤은 염색을 하여 초록색 머리가 된 상황 때문에 절망하고 있습니다.
4. **〈서술형〉** ❶ ㉠에서 잘못을 똑바로 바라보고 뉘우치는 앤이 추구하는 가치를 살핍니다. ⇨ ❷ 앤이 추구하는 가치와 나의 삶을 비교하여 반성할 점 또는 칭찬할 점을 씁니다.

4주 118~119쪽 개념 톡톡

★ (2)의 빈 의자에 ○표 (1) 옆 (2) 위 1. (1) 가까이, 느껴진다, 있다 (2) 멀리, 간략하게, 상상해야 2. (1) (나) (2) (가)

★ 두 그림의 다른 점과 그림을 그린 사람의 입장에서 어디에서 본 모습을 그렸는지 관점을 파악합니다.
1. 그림을 그린 이가 장면과 가까이에 있는지, 멀리 있는지를 파악하여 차이를 비교합니다.
2. (가)는 말하는 이가 작품 밖에 있는 3인칭 시점의 글입니다. (나)는 말하는 이가 작품 안에 있는 1인칭 시점의 글입니다.

4주 120~121쪽 독해력 활짝

1. 왓슨 2. ① 3. ④ 4. (3) ○

1. 홈스는 주인공이고 홈스가 말하는 이를 '제 동료 왓슨'이라고 소개하고 있습니다.
2. 이 글은 '나(옥희)'가 관찰한 내용으로 이야기가 진행되고 있습니다.
3. 1인칭 시점을 3인칭 시점으로 바꾸면 '나'는 이름으로, 나머지는 일기장에 쓴 내용으로 바꾸어야 합니다.
4. ㉠에서 평원왕은 화가 나 있고 평강 공주는 계속해서 울고 있습니다. 따라서 이 장면을 알맞게 상상한 것은 (3)입니다.

4주 122~123쪽 독해력 쑥쑥

1. ③ 2. (3) ○ 3. ㉠ 4. ④ 5. 예 어느 날 부자가 나를 찾아와 대신 빚을 갚아 주겠다고 말했다. 나는 이 말을 듣고 너무 기뻐서 단숨에 허락했다.

1. 양반은 글 읽기를 좋아했지만 환곡을 천 석이나 타다 먹을 정도로 경제적 능력이 없었습니다.(①, ②) 그래서 강원도 감사도 화를 내고 부인에게도 조롱을 받았습니다.(④, ⑤)
2. 부자의 말과 평민이 된 양반이 군수에게 절하는 모습에서 (3)의 내용을 알 수 있습니다.
3. ㉠은 양반의 일반적인 뜻입니다. ㉡~㉤은 주인공 양반을 가리키는 말입니다.
4. ④는 말하는 이가 관찰자인 경우입니다.
5. **〈서술형〉** ❶ '양반'을 '나'로 바꿉니다. ⇨ ❷ '나'가 행동하고 느낀 것을 문장으로 씁니다.

4주 124~125쪽 개념 톡톡

★ (1) ㉮ (2) ㉱ (3) ㉯ 1. (1) 열거 (2) 분류 (3) 대조 (4) 비교 2. (1) ④ (2) ③ (3) ② (4) ①

★ 엄마가 사 오신 물건이 어느 칸에 속하는지 파악하여 알맞은 칸의 기호를 씁니다.
2. '분석'은 대상을 구성하는 요소로 나누어 설명하는 방법입니다. '예시'는 예를 들어 설명하는 방법, '인용'은 다른 사람의 말이나 속담 등을 가져와서 설명하는 방법입니다.

4주 126~127쪽 독해력 활짝

1. ⑤ 2. ㉮ 3. 예 주먹과 발을 사용한 손 기술과 발 기술로 딴 점수를 합해 점수가 높은 사람이 이깁니다. 공격을 할 때에도 머리와 몸통 부위에만 공격이 가능합니다.

1. '정의'는 '무엇은 무엇이다.'로 대상을 밝혀 설명하는 방법입니다. ㉠에서 설명한 예시 '1, 2, 3…'는 1씩 커진다는 뜻입니다.
2. ㉠은 한 알 집기에 대한 설명이므로, 이를 나타내는 그림은 ㉮입니다. ㉯는 꺾기, ㉰는 두 알 집기를 하는 그림입니다.
3. **〈서술형〉** ❶ 태권도와 유도를 비교, 대조의 방법으로 설명한 글에서 태권도에 대한 내용을 파악합니다. ⇨ ❷ 태권도의 특징, 경기 규칙에 대한 내용만 모아 정리해서 씁니다.

4주 128~129쪽 독해력 쑥쑥

1. ③ 2. 생각, 감정 3. ③ 4. ㉯ 5. ④

1. 서도 민요는 음색이 얇고 큰 소리를 많이 내어 우는 듯한 느낌을 줍니다.
2. '정의'의 방법으로 설명할 때, 민요에 담겨 있는 내용을 빈칸에 씁니다.
3. 경기, 남도, 서도, 동부, 제주 민요로 나누는 기준은 지역입니다.
4. 이 글은 민요를 지역에 따라 다섯 가지로 나누어 설명하였습니다. ㉮~㉰ 중 이와 같은 설명 방법을 그림으로 나타낸 것은 ㉯입니다.
5. ㉢은 경기 민요의 예를 들어 설명한 부분입니다.

4주 130~131쪽 개념 톡톡

★ 예 중학교에 올라간다니 나도 설레고 또 걱정되기도 해. 그렇지만 우리 용기 내서 도전해 보자.
1. (1) 아쉬운 마음 (2) 우리 반 친구들 (3) 누리집 게시판 2. 예 반 친구들에게 헤어지기 아쉬운 마음을 전하려고 글을 썼다. 3. ㉯, ㉰ 4. (1) 마음 (2) 목적 (3) 읽는 사람

★ 중학교에 올라가서 헤어지기 아쉬워하는 승주의 마음을 배려하는 댓글을 씁니다.

1~2. 승주는 반 친구들과 헤어지는 것이 아쉬워서 누리집 게시판에 글을 썼습니다.

3. 승주는 반 친구들에게 쓴 글에서 친근한 말투와 그림 문자 등을 사용하였습니다.

4주 132~133쪽 독해력 활짝

1. ③ 2. ③ 3. ④ 4. (1) 저는 (2) 선생님께서 말씀하신 대로

1~2. 글쓴이는 이웃들에게 전면으로 주차해 달라는 '당부하는 마음'을 전하고 있습니다.

3. ㉠에는 약속을 어긴 것에 대한 미안한 마음, ㉡에는 선미가 이해해 준 것을 고마워하는 마음을 담은 표현이 들어가야 합니다.

4. 받는 사람이 선생님이므로, ㉠, ㉡은 높임 표현으로 바꾸어 써야 합니다.

4주 134~135쪽 독해력 쑥쑥

1. (1) 두 아우 정근과 공근 (2) 안중근 의사(님) 2. ④ 3. (3) ○ 4. ②, ③ 5. 예 안 의사님의 희생이 헛되지 않게 열심히 공부할게요.

1. 편지의 맨 앞에는 받는 사람이 나옵니다.

2. 글쓴이가 전하려는 마음은 '너희들은 돌아가서~ 이루도록 일러 다오.'에 들어 있습니다.

3. ㈏는 ㈎를 읽고 감동을 받아 쓴 글입니다.

4. ㈏의 글쓴이는 '감동을 받았어요, 고맙습니다'의 표현으로 존경스럽고 고마운 마음을 전했습니다.

5. **〈서술형〉** ❶ 존경스럽고 고마운 마음을 어떻게 표현할지 생각합니다. ⇨ ❷ 앞 문장과 이어지도록 공부와 관련한 문장을 씁니다.

4주 136~137쪽 개념 톡톡

★ (2) ○ (4) ○ 1. (1) ① ○ (2) ② ○ (3) ① ○
2. (1) ② (2) ① (3) ③ 3. (1) 인지도 (2) 불안감 (3) 반복 (4) 웃음 (5) 사실

★ 피리를 불고 있는 소년의 그림과 귀를 막고 절규하는 그림을 위아래로 배치해 공동 주택의 층간 소음 문제를 드러내고 있습니다.

1. 광고 문구에 나타난 핵심어 '선율'과 '고통', '한국인'과 '외국인', '버리는 것'과 '물' 등의 표현에서 각각의 주제를 파악할 수 있습니다.

2. 상품, 기업, 공익 등 무엇을 광고하는지에 따라 광고의 목적이 달라집니다.

3. 광고하는 내용을 설득력 있게 만들려고 인지도 활용하기, 불안감 조성하기, 반복하기, 웃음 불러일으키기, 검증된 사실 제시하기 등의 방법을 사용합니다.

4주 138~139쪽 독해력 활짝

1. ㉯ 2. ⑤ 3. ③ 4. ㉰

1. '내 마음을 따뜻하게', '마음의 온도가 올라가는 책' 등의 문구와 어울리는 그림을 고릅니다.

2. 주어진 광고는 '방송에 소개되어야 맛집'이라는 상식을 깨는 문구 내용으로 웃음을 주는 광고입니다.

4. '문제집을 시험 전에 잠깐 보고 100점을 맞았다'는 것은 과장된 표현입니다. 공부를 하지 않고 문제집을 잠깐 보는 것만으로 100점을 맞을 수 없기 때문입니다.

4주 140~141쪽 독해력 쑥쑥

1. ⑤ 2. (1) ○ (3) ○ 3. ④ 4. (1) 한 입만 먹어도 배가 불러요. (2) 예 아무리 맛있는 음식도 한 입만 먹어서는 배가 부르지 않기 때문이다.

1. 글쓴이는 먹방을 비판적으로 살펴보고 합리적으로 소비하자고 주장했습니다.

2. 글쓴이가 말한 먹방의 광고 효과는 먹방에 나온 음식이 잘 팔려 기업의 매출이 오른다는 것입니다.

3. 제품 홍보는 먹방의 긍적적 측면입니다.

4. **〈서술형〉** ❶ 광고에서 사실을 부풀려 표현한 문구를 찾습니다. ⇨ ❷ 과장된 표현이라고 생각한 까닭을 한 문장으로 정리하여 씁니다.

축하합니다!
F1권 독해 능력자가 되었네요.
F2권에서 다시 만나요!